Travessias

BERNARDO GUIMARÃES

DE ACORDO COM AS NOVAS NORMAS ORTOGRÁFICAS

A escrava Isaura

Orientação pedagógica: Douglas Tufano

Notas de leitura: Cândida Beatriz Vilares Gancho

Capa: aquarela de Rogério Borges

12ª impressão

MODERNA

COORDENAÇÃO EDITORIAL Maristela Petrili de Almeida Leite
COORDENAÇÃO DA PREPARAÇÃO Luiz Vicente Vieira Filho
PREPARAÇÃO DO TEXTO Delza Rocha de Freitas Menin
COORDENAÇÃO DE PRODUÇÃO GRÁFICA Fernando Dalto Degan
EDIÇÃO DE ARTE Valdir Oliveira
PESQUISA ICONOGRÁFICA Vera Lúcia da Silva Barrionuevo
CAPA Ricardo Postacchini
EDITORAÇÃO ELETRÔNICA Eduardo Camargo do Amaral
CARTOGRAFIA Mario Yoshida
DIAGRAMAÇÃO Regina Elisabeth Silva
COORDENAÇÃO DE REVISÃO Lisabeth Bansi Giatti
COORDENAÇÃO E TRATAMENTO DE IMAGENS Américo Jesus
COORDENAÇÃO DE PRODUÇÃO INDUSTRIAL Wilson Aparecido Troque
IMPRESSÃO E ACABAMENTO **Digital Page Gráfica e Editora Ltda.**

Dados Internacionais de Catalogação na Publicação (CIP)
(Câmara Brasileira do Livro, SP, Brasil)

Guimarães, Bernardo, 1825-1884.
A escrava Isaura / Bernardo Guimarães ; orientação pedagógica Douglas Tufano ; notas de leitura Cândida Beatriz Vilares Gancho. — 2. ed. — São Paulo : Moderna, 2004. — (Coleção travessias)

1. Romance brasileiro I. Tufano, Douglas, 1948-. II. Gancho, Cândido Beatriz Vilares. III. Título. IV. Série.

03-6292 CDD-869.93

Índices para catálogo sistemático:
1. Romances : Literatura portuguesa 869.93

ISBN 85-16-03972-2

EDITORA MODERNA LTDA.
Rua Padre Adelino, 758 - Belenzinho
São Paulo - SP - Brasil - CEP 03303-904
Vendas e Atendimento: Tel. (0_ _11) 2790-1300
Fax (0_ _11) 2790-1501
www.modernaliteratura.com.br
2014

Impresso no Brasil

Livros antigos para um público jovem

Para o público de hoje, a leitura de um romance do século XIX pode parecer uma tarefa pouco prazerosa. Além da dificuldade de se compreender bem o sentido de muitas palavras e expressões de épocas passadas, da estranheza de certas construções sintáticas pouco usuais hoje em dia, há nessas obras uma sensibilidade artística diferente da nossa; valores morais que privilegiam outros comportamentos. Mas não será possível ao leitor contemporâneo compreender essas obras e até mesmo extrair delas o prazer da leitura?

A Editora Moderna apostou no "sim" e investiu numa edição diferenciada dos clássicos. A exemplo do que já é feito em outros países, em que uma mesma obra é editada com diferentes níveis de informação, os clássicos da coleção Travessias apresentam um minucioso trabalho de comentários à margem do texto integral.

O leitor iniciante tem muito a ganhar com essa leitura sinalizada, em que informações históricas e esclarecimentos sobre a linguagem da época e as características literárias da obra em questão são apresentadas por uma competente equipe de professores, sob a coordenação de Douglas Tufano, reconhecido autor de livros didáticos.

Nossa intenção principal é aproximar passado e presente, levando o leitor a descobrir nos enredos dos livros antigos as mesmas emoções que nos empolgam hoje.

O Romantismo

A escrava Isaura é um romance romântico. E o que é um romance romântico?

Por romance, entende-se uma narrativa longa, com personagens fictícios, numa transposição da vida para o plano artístico. O romance popularizou-se durante o século XIX e foi o modo de expressão corrente de muitos escritores românticos, isto é, escritores do Romantismo.

Romantismo foi o nome que se deu ao movimento artístico profundamente subjetivo e individualista surgido no fim do século XVIII na Europa e que teve seu apogeu durante o século XIX.

Situação histórica

Na Europa, dois fatos importantes marcaram o período em que se desenvolveu o Romantismo, influenciando-o profundamente: a Revolução Industrial e a Revolução Francesa.

Na segunda metade do século XVIII, teve início na Inglaterra a sociedade industrial. Passou-se, em ritmo acelerado, do sistema doméstico de produção para o fabril, o que provocou o aparecimento de grandes cidades industriais. Duas novas classes começaram, então, a se destacar na nova estrutura social: a burguesia industrial, que crescia em força, e o proletariado, que crescia em número. Da antiga sociedade de senhores e servos passava-se à sociedade de empresários e operários; nascia, então, a sociedade de classes.

Por sua vez, a Revolução Francesa, desencadeada em 1789, destruiu o absolutismo, levou a burguesia ao poder e criou condições para o desenvolvimento do capitalismo na França, derrubando a aristocracia que vivia dos privilégios feudais. Além disso, provocou inquietações sociais nos países onde essas ideias revolucionárias repercutiram.

Enfim, juntas, a Revolução Industrial e a Revolução Francesa provocaram o fim do absolutismo na Europa e incentivaram a livre iniciativa, forjando o individualismo econômico e o liberalismo político e estimulando o nacionalismo.

Características do Romantismo

O Romantismo foi um movimento artístico que se desenvolveu nos mais diversos campos, como na literatura, na música, no teatro, na pintura etc.

Enriquecendo-se à medida que se expandia, o Romantismo acabou adquirindo características muito variadas, mas seu ponto básico era a abolição de regras e modelos. Sustentando que a criação artística deveria nascer da parte mais sensível e pura do ser humano, do mundo dos sentimentos, o artista romântico passou a considerar o "eu" como o centro do universo, gerando, assim, uma das características básicas desse estilo de época — o individualismo.

Por serem individualistas, os artistas românticos propunham a supremacia dos sentimentos e das emoções sobre a razão. Por isso as obras típicas desse movimento são tão exaltadas, tão cheias de paixões.

Quando seus dramas e conflitos adquirem grande intensidade, o romântico costuma fugir para o seio da natureza, vista por ele como refúgio acolhedor para o ser humano atormentado. Daí sua preferência pelos ambientes solitários e noturnos, considerados mais propícios aos desabafos sentimentais.

O nacionalismo é outra característica marcante do movimento romântico. Nos escritores europeus, ele manifestou-se muitas vezes na abordagem de temas históricos que privilegiavam a Idade Média, tida como fonte das tradições populares e época de formação do caráter nacional.

A ânsia de liberdade absoluta, o profundo individualismo, a expressão plena dos sentimentos e emoções, o culto da natureza, o nacionalismo apaixonado são as características básicas do Romantismo.

Jornalismo e Romantismo

A difusão cada vez maior do jornalismo e a ascensão da classe burguesa na maioria dos países europeus propiciaram a formação de um grande e novo público, que passou a buscar na literatura a representação de situações que lhe fossem familiares.

Os jornais acostumaram os leitores às histórias sentimentais e de suspense (os folhetins), que geralmente eram publicadas em capítulos; muitos escritores passaram a colaborar em revistas e periódicos, profissionalizando-se. A literatura começava, enfim, a se popularizar.

O Romantismo no Brasil (1836-1881)

O movimento romântico desenvolveu-se no Brasil durante o século XIX, constituindo o período do verdadeiro nascimento da nossa literatura, pois nele a poesia enriqueceu-se admiravelmente, criaram-se o romance e o teatro nacionais e formou-se um razoável público leitor.

A transferência de D. João VI, com toda a família real portuguesa, para o Rio de Janeiro foi essencial para o desenvolvimento cultural brasileiro. Nos anos em que aqui esteve (1808-1821), D. João VI tomou algumas iniciativas importantes, como as reformas do ensino, a criação de escolas superiores, a permissão para o funcionamento de tipografias (que deram origem à imprensa periódica e à atividade editorial), a instalação de bibliotecas públicas etc.

Envolvida pelo clima de independência, de 1822, a literatura romântica sempre expressou sua ligação com a política e, ao lado da euforia da liberdade e do desejo de construção de uma pátria brasileira, surgiu também a vontade de criar uma literatura autenticamente nacional, uma busca da "brasilidade", fosse na temática, fosse na linguagem usada pelos românticos, que abandonaram aos poucos o tom lusitano em favor de um estilo mais próximo da fala brasileira.

Didaticamente falando, o Romantismo brasileiro teve início em 1836, quando foi publicado o livro *Suspiros poéticos e saudades*, de Gonçalves de Magalhães, encerrando-se em 1881, quando foram lançados os primeiros livros realistas.

Tendências do romance romântico

O nosso romance romântico, de acordo com o tema fundamental que aborda, pode ser classificado em urbano, sertanejo ou regionalista, histórico e indianista.

O **romance urbano** desenvolve temas ligados à vida social, principalmente a do Rio de Janeiro. A variedade de tipos humanos, os problemas sociais e morais decorrentes do desenvolvimento da cidade, tudo serviu de fonte para os nossos escritores. Destacam-se os romances: *Senhora* e *Lucíola*, de José de Alencar; *A Moreninha* e *O moço loiro*, de Joaquim Manuel de Macedo; *Memórias de um sargento de milícias*, de Manuel Antônio de Almeida.

A atração pelo pitoresco e o desejo de explorar e investigar o Brasil do interior fizeram o autor romântico se interessar pela vida e pelos hábitos das populações que viviam distante das cidades. Abria-se, assim, o campo fecundo do romance **sertanejo** ou **regionalista**, que até hoje continua a fornecer matéria à nossa literatura. Destacam-se *O sertanejo*, *O gaúcho* e *O tronco do ipê*, de José de Alencar; *Inocência*, de Taunay; *A escrava Isaura* e *O seminarista*, de Bernardo Guimarães.

O **romance histórico** foi um dos principais meios encontrados pelos românticos para a reinterpretação nacionalista de fatos e personagens de nossa história numa valorização (e idealização) de nosso passado. Destacam-se *O guarani*, *As minas de prata* e *A Guerra dos Mascates*, de José de Alencar; *Lendas e romances* e *Histórias e tradições da província de Minas Gerais*, de Bernardo Guimarães; e *O matuto* e *Lourenço*, de Franklin Távora.

Ainda na perspectiva de valorização de nossas origens, surge o **romance indianista**, tendo encontrado sua melhor realização nas obras de José de Alencar, que idealizou a figura do índio, exaltando-lhe a nobreza e a valentia em *Ubirajara*, *Iracema* e *O guarani*.

Cronologia dos principais romances românticos

1844 *A Moreninha* (Joaquim Manuel de Macedo)
1845 *O moço loiro* (Joaquim Manuel de Macedo)
1852 *Memórias de um sargento de milícias* (Manuel A. de Almeida)
1856 *Cinco minutos* (José de Alencar)
1857 *O guarani* (José de Alencar)
1862 *Lucíola* (José de Alencar)
1865 *Iracema* (José de Alencar)
1872 *Inocência* (Taunay)
O seminarista (Bernardo Guimarães)
1874 *Ubirajara* (José de Alencar)
1875 *Senhora* (José de Alencar)
O sertanejo (José de Alencar)
A escrava Isaura (Bernardo Guimarães)
1876 *O cabeleira* (Franklin Távora)
1878 *O matuto* (Franklin Távora)

Quem lia os romances românticos?

A prosa literária brasileira começa no Romantismo. Com o gradual desenvolvimento de algumas cidades, sobretudo a do Rio de Janeiro, a cidade da corte, formou-se um público leitor composto basicamente de jovens da classe rica, cujo ócio permitia a leitura de romances e folhetins. Esse público buscava na literatura apenas distração. Torcia por seus heróis, sofria com as heroínas e tão logo chegava ao final, fechava o livro e o esquecia, esperando o próximo, que lhe oferecia praticamente as mesmas emoções. O público de hoje substituiu os romances e folhetins pelas telenovelas, mas ainda continua em busca de distração, passando o tempo a torcer e a chorar por seus heróis…

Quadro cronológico dos movimentos literários no Brasil

1500 Descoberta do Brasil.

LITERATURA INFORMATIVA

1601 Publicação do poema *Prosopopeia*, escrito por Bento Teixeira.

BARROCO

1768 Publicação do livro *Obras*, que reúne poesias de Cláudio Manuel da Costa.

ARCADISMO

1836 Publicação do livro *Suspiros poéticos e saudades*, escrito por Gonçalves de Magalhães.

ROMANTISMO

1881 Publicação dos romances *O mulato*, de Aluísio Azevedo, e *Memórias póstumas de Brás Cubas*, de Machado de Assis.

REALISMO · NATURALISMO · PARNASIANISMO

1893 Publicação dos livros *Missal* e *Broquéis*, de Cruz e Sousa.

SIMBOLISMO

1902 Publicação do livro *Os sertões*, de Euclides da Cunha.

PRÉ-MODERNISMO

1922 Realização da Semana de Arte Moderna, em São Paulo.

MODERNISMO

Bernardo Guimarães

Fatos biográficos

1825 Nasce, a 15 de agosto, Bernardo Joaquim da Silva Guimarães, em Ouro Preto (Minas Gerais).

1829 Muda-se com a família para Uberaba, onde começa os estudos; alguns anos depois, completa a instrução secundária em Campo Belo e Ouro Preto.

1847 - 1852 Cursa a Faculdade de Direito do Largo de São Francisco, em São Paulo, deixando fama de boêmio e satírico. Foi companheiro dos poetas Álvares de Azevedo e Aureliano Lessa.

1852 Publica seu primeiro livro, *Cantos da solidão* (poesias). É nomeado juiz municipal de Catalão, em Goiás.

1860 Colabora na imprensa do Rio de Janeiro como crítico literário.

1861 Retorna a Goiás, reassumindo as funções de juiz.

1864 - 1865 Passa outra temporada no Rio de Janeiro, onde publica o livro *Poesias*.

1867 Volta a Ouro Preto, assumindo a cadeira de Retórica e Poética do Liceu Mineiro. Casa-se, a 15 de agosto, com dona Teresa Maria Gomes.

1869 Publica em livro seu primeiro romance, *O ermitão de Muquém*.

1872 Publica *O seminarista*.

1873 É nomeado professor de latim e francês no Liceu de Queluz, em Minas Gerais.

1875 Publica um de seus romances mais famosos: *A escrava Isaura*.

1884 Falece a 10 de março, em Ouro Preto.

Obras

Prosa

O ermitão de Muquém, 1869; *Lendas e romances*, 1871; *O garimpeiro*, 1872; *Histórias e tradições da Província de Minas Gerais*, 1872; *O seminarista*, 1872; *O índio Afonso*, 1873; *A escrava Isaura*, 1875; *Maurício*, 1877; *A ilha maldita*, 1879; *O pão de ouro*, 1879; *Rosaura, a enjeitada*, 1883; *O bandido do Rio das Mortes*, 1904.

Poesia

Cantos da solidão, 1852; *Poesias*, 1865; *Novas poesias*, 1876; *Folhas de outono*, 1883.

Teatro

A voz do Pajé, 1914.

A escrava Isaura

Este romance pode não ser a obra-prima de Bernardo Guimarães, mas, sem dúvida, tornou-o um autor mais conhecido do público atual. Grande parte da popularidade do livro, que conta a história da escrava quase branca perseguida pelo cruel senhor, se deve à sua adaptação para telenovela, trabalho que alcançou enorme sucesso, não apenas no Brasil, mas também nos inúmeros países em que foi apresentado.

E o que há de tão encantador na história? Em primeiro lugar, está sem dúvida o embate entre o bem e o mal, tema tão apreciado no Romantismo e ainda hoje admitido pela cultura popular e de massa. Isaura, a heroína, representa tudo o que de bom pode haver na natureza humana: a bondade, a nobreza de caráter, a pureza, a beleza, a humildade. Ela é a vítima do mal, Leôncio, símbolo da bestialidade, da torpeza de caráter, do rancor e da mesquinharia. Apesar da brutalidade e das tramas ardilosas de Leôncio, é Isaura, com seu amor, quem sai vitoriosa. O bem vence. O final é feliz.

Visto assim, parece que a outra grande temática (a da escravidão) do romance está submetida a esse maniqueísmo Isaura-Leôncio. Mas tal afirmação não é de todo verdadeira, pois o grande conflito que se cria entre as duas personagens advém sobretudo da posição que ocupam na sociedade: ela, escrava, e ele, senhor. Dentro da sociedade escravocrata, Leôncio é dono do corpo e da alma de Isaura. Há portanto no romance uma deliberada intenção de criticar a escravidão enquanto instituição injusta.

Nesse sentido, o texto de Bernardo Guimarães reflete o pensamento abolicionista da elite intelectual de seu tempo, com suas ingenuidades e contradições, e até um certo preconceito racial maldisfarçado. Afinal trata-se de uma escrava branca e linda que não "merece" ser escrava, justamente por ser branca e linda.

Olhemos, porém, por outro lado: Leôncio representa de modo exemplar o senhor escravocrata de 1850, com a maldade moldando-lhe ou não o caráter. Em outras palavras, o fato de ser mau não invalida nele a figura do escravocrata que o autor pretende denunciar; pelo contrário, sua vileza só reforça o papel social.

Nessa óptica, Leôncio é a outra grande figura, que se iguala em estatura à de Isaura; ele representa a lei injusta e a ideologia conservadora do escravismo. De certo modo, ele "rouba a cena" do quixotesco Álvaro, porta-voz do abolicionismo, que move céus e terras para salvar a amada das garras do vilão.

Vale a pena ler a história com a perspectiva crítica de nossa época, mas dando-lhe os devidos descontos; isto é, sem cobrar dela uma visão mais realista da escravidão e do escravo do que poderia ter um autor romântico, que evidentemente via o mundo do ponto de vista dos senhores e não dos escravos.

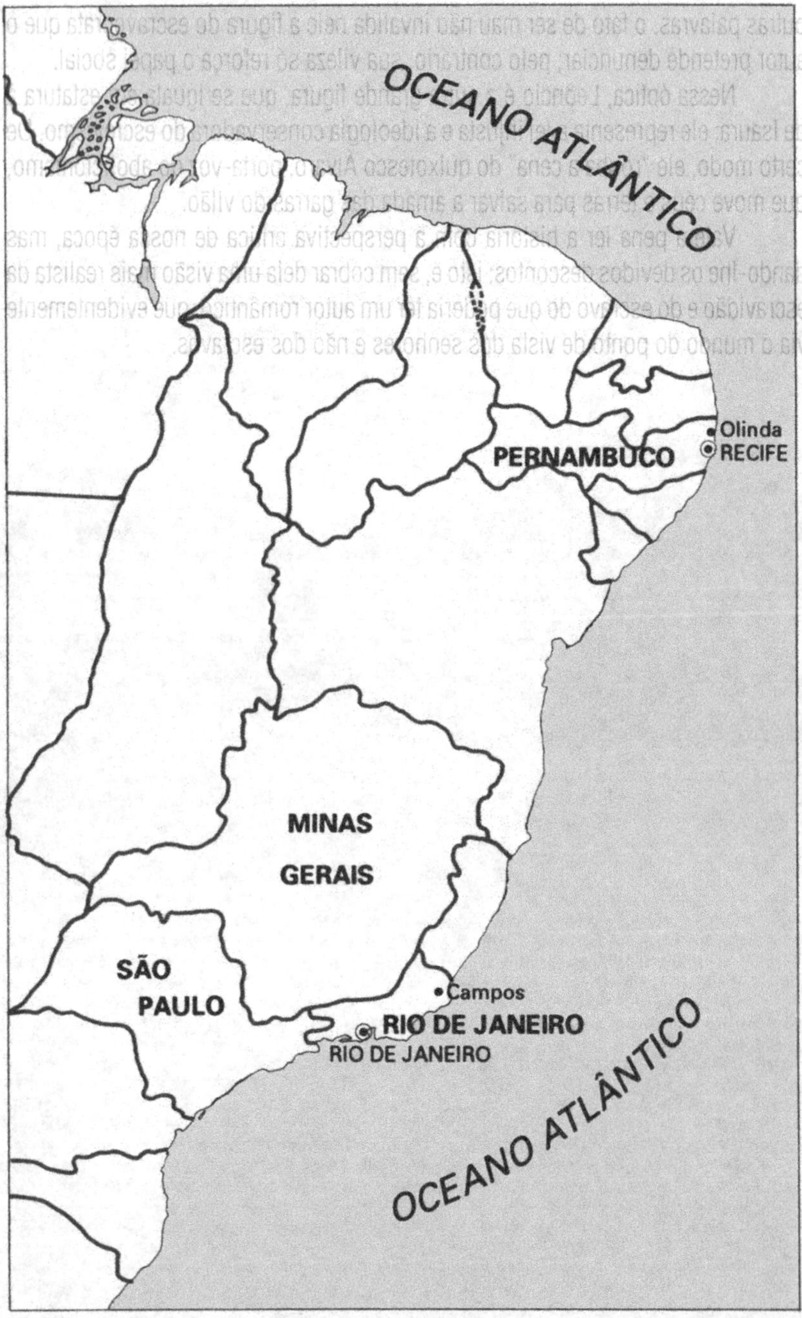

Mapa com a indicação dos principais pontos citados em *A escrava Isaura*.

Painel Fotográfico

Bernardo Guimarães (1825-1884).

VICTOR FROND

Casa-grande de uma típica fazenda de Paraíba do Sul, em reprodução litográfica de 1858. A construção se conserva até hoje.

VICTOR FROND

Campos dos Goitacases em meados do século XIX.

JEAN BAPTISTE DEBRET

A família de uma fazenda chega em visita a outra família. Cena retratada por Jean-Baptiste Debret no século XIX.

CASA LEUZINGER

Secagem de café por escravos, numa fazenda de Jacarepaguá, em 1875. É interessante o detalhe do menino branco, ao lado de sua ama, observando a cena.

ICONOGRAPHIA

Escravos reunidos, prontos para iniciar mais um dia de trabalho nos cafezais.

Os escravos eram vendidos e comprados como se fossem simples mercadoria, conforme se pode ver por este recibo, datado de 9 de setembro de 1848.

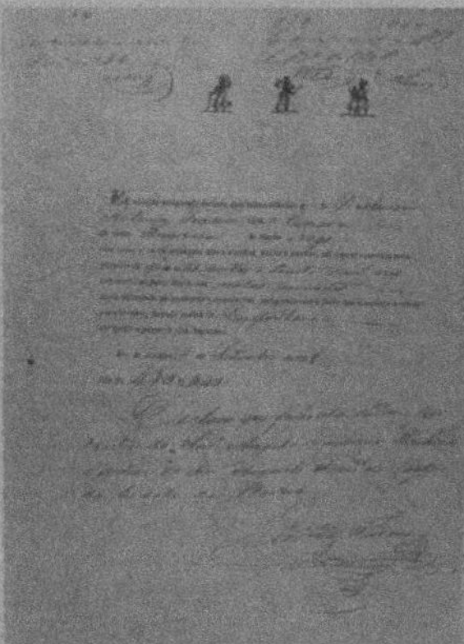

ARQUIVO NACIONAL

RUGENDAS

Castigos físicos eram coisa corriqueira nas relações entre senhores e escravos. A palmatória estava entre os mais comuns.

Excelente registro histórico das relações entre senhores e escravos: a ama de leite e o garoto por ela criado. A foto data de 1860 aproximadamente.

A violência das punições era uma constante na vida dos escravos.

JEAN BAPTISTE DEBRET

RUGENDAS

A tarefa do capitão-do-mato era trazer de volta os escravos fugitivos.

O castigo do tronco. No capítulo 9, Leôncio ameaça aplicar essa punição contra Isaura para forçá-la a ceder aos seus desejos.

JEAN BAPTISTE DEBRET

Capítulo 1

Era nos primeiros anos do reinado do senhor dom Pedro II.[1]

No fértil e opulento município de Campos de Goitacases[2], à margem do Paraíba, a pouca distância da Vila de Campos, havia uma linda e magnífica fazenda.

Era um edifício de harmoniosas proporções, vasto e luxuoso, situado em aprazível vargedo ao sopé de elevadas colinas cobertas de mata em parte devastada pelo machado do lavrador. Longe em derredor a natureza ostentava-se ainda em toda a sua primitiva e selvática rudeza; mas por perto, em torno da deliciosa vivenda, a mão do homem tinha convertido a bronca selva, que cobria o solo, em jardins e pomares deleitosos, em gramais e pingues pastagens, sombreadas aqui e acolá por gameleiras gigantescas, perobas, cedros e copaíbas, que atestavam o vigor da antiga floresta. Quase não se viam aí muro, cerca, nem valado; jardim, horta, pomar, pastagens e plantios circunvizinhos eram divididos por viçosas e verdejantes sebes de bambus, piteiras, espinheiros e gravatás, que davam ao todo o aspecto do mais aprazível e delicioso vergel.

A casa apresentava a frente às colinas. Entrava-se nela por um lindo alpendre todo enredado de flores trepadeiras, ao qual subia-se por uma escada de cantaria de seis a sete degraus. Os fundos eram ocupados por outros edifícios acessórios, senzalas, pátios, currais e celeiros, por trás dos quais se estendiam o jardim, a horta e um imenso pomar, que ia perder-se na barranca do grande rio.[3]

Era por uma linda e calmosa tarde de outubro. O sol não era ainda posto e parecia boiar no horizonte suspenso sobre rolos de espuma de cores cambiantes orlados de fêveras de ouro. A viração saturada de balsâmicos eflúvios se espreguiçava ao longo das ribanceiras acordando apenas frouxos rumores pela copa dos arvoredos e fazendo farfalhar de leve o tope dos coqueiros, que miravam-se garbosos nas lúcidas e tranquilas águas da ribeira.

Corria um belo tempo; a vegetação reanimada por moderadas chuvas ostentava-se fresca, viçosa e luxuriante; a água do rio ainda não turvada pelas grandes enchentes, rolando com majestosa lentidão, refletia em toda a pureza os esplêndidos coloridos do horizonte e o nítido verdor das selvosas ribanceiras. As aves, dando repouso às asas fatigadas do contínuo voejar pelos pomares, prados e balsedos vizinhos, começavam a preludiar seus cantos vespertinos.

O clarão do sol poente por tal sorte abraseava as vidraças do edifício, que esse parecia estar sendo devorado pelas chamas de um incêndio interior. Entretanto, quer no interior, quer em derredor, reinava fundo silêncio e perfeita tranquilidade. Bois truculentos e nédias novilhas deitadas pelo gramal ruminavam tranquilamente à sombra de altos troncos. As aves domésticas grazinavam em torno da casa, balavam as ovelhas e mugiam

---

1 O romance *A escrava Isaura* foi publicado em 1875, período em que os movimentos e as leis abolicionistas criaram uma atmosfera propícia para se discutir a existência de escravos, ambiente que não era o mesmo em 1840, época dos fatos narrados, quando a escravidão era uma instituição bem mais firme.

2 Antiga denominação da atual cidade de Campos, no Rio de Janeiro.

3 Aqui temos a descrição de uma típica fazenda de café do Vale do Paraíba fluminense de meados do século XIX.

algumas vacas, que vinham por si mesmas procurando os currais; mas não se ouvia, nem se divisava voz nem figura humana. Parecia que ali não se achava morador algum. Somente as vidraças arregaçadas de um grande salão da frente e os batentes da porta da entrada, abertos de par em par, denunciavam que nem todos os habitantes daquela suntuosa propriedade se achavam ausentes.

A favor desse quase silêncio harmonioso da natureza ouvia-se distintamente o arpejo de um piano casando-se a uma voz de mulher, voz melodiosa, suave, apaixonada e do timbre o mais puro e fresco que se pode imaginar.

Posto que um tanto abafado, o canto tinha uma vibração sonora, ampla e volumosa, que revelava excelente e vigorosa organização vocal. O tom velado e melancólico da cantiga parecia gemido sufocado de uma alma solitária e sofredora.

Era essa a única voz que quebrava o silêncio da vasta e tranquila vivenda. Por fora tudo parecia escutá-la em místico e profundo recolhimento.

As coplas, que cantava, diziam assim:

Desd' o berço respirando
Os ares da escravidão,
Como semente lançada
Em terra de maldição,
A vida passo chorando
Minha triste condição.

Os meus braços estão presos,
A ninguém posso abraçar,
Nem meus lábios, nem meus olhos
Não podem de amor falar;
Deu-me Deus um coração
Somente para penar.

Ao ar livre das campinas
Seu perfume exala a flor;
Canta a aura em liberdade
Do bosque o alado cantor;
Só para a pobre cativa
Não há canções, nem amor.

Cala-te, pobre cativa;
Teus queixumes crimes são;
É uma afronta esse canto,
Que exprime tua aflição.
A vida não te pertence,
Não é teu teu coração.[1]

1 A canção é um lamento a respeito da condição de escravo.

As notas sentidas e maviosas daquele cantar, escapando pelas janelas abertas e ecoando ao longe em derredor, dão vontade de conhecer a sereia que tão lindamente canta. Se não é sereia, somente um anjo pode cantar assim.

Subamos os degraus que conduzem ao alpendre, todo engrinaldado de viçosos festões e lindas flores, que serve de vestíbulo ao edifício. Entremos sem cerimônia. Logo à direita do corredor encontramos aberta uma larga porta, que dá entrada à sala de recepção, vasta e luxuosamente mobiliada. Acha-se ali sozinha e sentada ao piano uma bela e nobre figura de moça. As linhas do perfil desenham-se distintamente entre o ébano da caixa do piano e as bastas madeixas ainda mais negras do que ele. São tão puras e suaves essas linhas, que fascinam os olhos, enlevam a mente e paralisam toda análise. A tez é como o marfim do teclado, alva que não deslumbra, embaçada por uma nuança delicada, que não sabereis dizer se é leve palidez ou cor-de-rosa desmaiada. O colo donoso e do mais puro lavor sustenta com graça inefável o busto maravilhoso. Os cabelos soltos e fortemente ondulados se despenham caracolando pelos ombros em espessos e luzidios rolos, e como franjas negras escondiam quase completamente o dorso da cadeira a que se achava recostada. Na fronte calma e lisa como mármore polido, a luz do ocaso esbatia um róseo e suave reflexo; di-la-íeis misteriosa lâmpada de alabastro guardando no seio diáfano o fogo celeste da inspiração. Tinha a face voltada para as janelas e o olhar vago pairava-lhe pelo espaço.[1]

Os encantos da gentil cantora eram ainda realçados pela singeleza, e diremos quase pobreza, do modesto trajar. Um vestido de chita ordinária azul-clara desenhava-lhe perfeitamente com encantadora simplicidade o porte esbelto e a cintura delicada, e, desdobrando-se-lhe em roda em amplas ondulações, parecia uma nuvem, do seio da qual se erguia a cantora como Vênus[2] nascendo da espuma do mar, ou como um anjo surgindo dentre brumas vaporosas. Uma pequena cruz de azeviche presa ao pescoço por uma fita preta constituía o seu único ornamento.

Apenas terminado o canto, a moça ficou um momento a cismar com os dedos sobre o teclado como escutando os derradeiros ecos da sua canção.

Entretanto abre-se sutilmente a cortina de cassa de uma das portas interiores e uma nova personagem penetra no salão. Era também uma formosa dama ainda no viço da mocidade, bonita, bem-feita e elegante. A riqueza e o primoroso esmero do trajar, o porte altivo e senhoril, certo balanceio afetado e langoroso dos movimentos davam-lhe esse ar pretensioso, que acompanha toda moça bonita e rica, ainda mesmo quando está sozinha. Mas com todo esse luxo e donaire de grande senhora, nem por isso sua grande beleza deixava de ficar algum tanto eclipsada em presença das formas puras e corretas da nobre singeleza e dos tão naturais e modestos ademanes da cantora. Todavia Malvina era linda, encantadora mesmo, e posto que vaidosa de sua formosura e alta posição, transluzia-lhe nos grandes e meigos olhos azuis toda a nativa bondade de seu coração.

---

1 Descrição tipicamente romântica, exaltando a beleza e a pureza. Observe também as características físicas da raça branca: “marfim”, “alva”, “alabastro”.

2 Segundo uma das versões mitológicas, a deusa do amor, nascida das espumas do mar.

Malvina aproximou-se de manso e sem ser pressentida para junto da cantora; colocando-se por detrás dela esperou que terminasse a última copla.

— Isaura!... — disse ela pousando de leve a delicada mãozinha sobre o ombro da cantora.

— Ah! É a senhora?![1] — respondeu Isaura voltando-se sobressaltada. — Não sabia que estava aí me escutando.

— Pois que tem isso?... Continua a cantar... Tens a voz tão bonita!... Mas eu antes quisera que cantasses outra coisa; por que é que você gosta tanto dessa cantiga tão triste, que você aprendeu não sei onde?...

— Gosto dela, porque acho-a bonita e porque... Ah! Não devo falar...

— Fala, Isaura. Já não te disse que nada me deves esconder e nada recear de mim?...

— Porque me faz lembrar de minha mãe, que eu não conheci, coitada!... Mas, se a senhora não gosta dessa cantiga, não a cantarei mais.

— Não gosto que a cantes, não, Isaura. Hão de pensar que és maltratada, que és uma escrava infeliz, vítima de senhores bárbaros e cruéis. Entretanto passas aqui uma vida que faria inveja a muita gente livre. Gozas da estima de teus senhores. Deram-te uma educação, como não tiveram muitas ricas e ilustres damas que eu conheço. És formosa e tens uma cor linda, que ninguém dirá que gira em tuas veias uma só gota de sangue africano.[2] Bem sabes quanto minha boa sogra antes de expirar te recomendava a mim e a meu marido. Hei de respeitar sempre as recomendações daquela santa mulher, e, tu bem vês, sou mais tua amiga do que tua senhora. Oh! Não, não cabe em tua boca essa cantiga lastimosa, que tanto gostas de cantar. Não quero — continuou em tom de branda repreensão —, não quero que a cantes mais, ouviste, Isaura?... Senão, fecho-te o meu piano.

— Mas, senhora, apesar de tudo isso, que sou eu mais do que uma simples escrava? Essa educação, que me deram, e essa beleza, que tanto me gabam, de que me servem?... são trastes de luxo colocados na senzala do africano. A senzala nem por isso deixa de ser o que é: uma senzala.

— Queixas-te da tua sorte, Isaura?...

— Eu não, senhora; não tenho motivo... O que quero dizer com isso é que, apesar de todos esses dotes e vantagens que me atribuem, sei conhecer o meu lugar.

— Anda lá; já sei o que te amofina; a tua cantiga bem o diz. Bonita como és, não podes deixar de ter algum namorado.

— Eu, senhora!... Por quem é, não pense nisso.

— Tu mesma; pois que tem isso?... Não te vexes; pois é alguma coisa do outro mundo? Vamos já, confessa; tens um amante, e é por isso que lamentas não teres nascido livre para poder amar aquele que te agradou e a quem caíste em graça, não é assim?...

---

1 Observe a diferença de tratamento entre as duas: Isaura chama Malvina de "senhora" e esta trata a moça sem nenhuma formalidade, usando o "tu".

2 Essa aparência de branca na escrava Isaura é um elemento muito importante no desenrolar da história, trazendo vantagens e desgraças à personagem.

— Perdoe-me, sinhá Malvina — replicou a escrava com um cândido sorriso. — Está muito enganada; estou tão longe de pensar nisso!

— Qual longe!... Não me enganas, minha rapariguinha!... Tu amas, e és mui linda e bem prendada para te inclinares a um escravo; só se fosse um escravo como tu és, o que duvido que haja no mundo. Uma menina como tu bem pode conquistar o amor de algum guapo mocetão, e eis aí a causa da choradeira de tua canção. Mas não te aflijas, minha Isaura; eu te protesto que amanhã mesmo terás a tua liberdade; deixa Leôncio chegar; é uma vergonha que uma rapariga como tu se veja ainda na condição de escrava.[1]

— Deixe-se disso, senhora; eu não penso em amores e muito menos em liberdade; às vezes fico triste à toa, sem motivo nenhum...

— Não importa. Sou eu quem quero que sejas livre, e hás de sê-lo.

Nesse ponto a conversação foi cortada por um tropel de cavaleiros, que chegavam e apeavam-se à porta da fazenda.

Malvina e Isaura correram à janela a ver quem eram.

Capítulo 2

Os cavaleiros que acabavam de apear-se eram dois belos e elegantes mancebos, que chegavam da Vila de Campos. Do modo familiar, por que foram entrando, logo se depreendia que era gente de casa.

De feito, um era Leôncio, marido de Malvina; e outro, Henrique, irmão da mesma.

Antes de irmos adiante, forçoso nos é travar conhecimento mais íntimo com os dois jovens cavaleiros.[2]

Leôncio era filho único do rico e magnífico comendador Almeida, proprietário da bela e suntuosa fazenda em que nos achamos. O comendador, já bastante idoso e cheio de enfermidades depois do casamento de seu filho, que tivera lugar um ano antes da época em que começa esta história, havia lhe abandonado a administração e usufruto da fazenda, e vivia na corte, onde procurava alívio ou distração aos achaques que o atormentavam.

Leôncio achara desde a infância nas larguezas e facilidades de seus pais amplos meios de corromper o coração e extraviar a inteligência. Mau aluno e criança incorrigível, turbulento e insubordinado, andou de colégio em colégio e passou como gato por brasas por cima de todos os preparatórios, cujos exames todavia sempre salvara à sombra do patronato.[3] Os mestres não se atreviam a dar ao nobre e munífico comendador o desgosto de ver seu filho reprovado. Matriculado na escola de medicina logo no primeiro ano enjoou-se daquela disciplina, e como seus pais não sabiam contrariá-lo foi-se para Olinda a fim de frequentar o curso jurídico. Ali, depois de ter dissipado não pequena porção da

---

1 Para ser livre, o escravo deveria possuir a carta de alforria, assinada pelo senhor, documento que podia ser dado ou comprado.

2 Esse trecho é mais que uma descrição, é um *flash-back*, um recurso bastante usado no enredo para informar melhor o leitor sobre fatos passados.

3 Isso quer dizer que a escolaridade de Leôncio foi concluída graças ao dinheiro da família, e não a seus méritos pessoais.

fortuna paterna na satisfação de todos os seus vícios e loucas fantasias, tomou tédio também aos estudos jurídicos, e ficou entendendo que só na Europa poderia desenvolver dignamente a sua inteligência e saciar a sua sede de saber, em puros e abundantes mananciais. Assim escreveu ao pai, que deu-lhe crédito e o enviou a Paris, donde esperava vê-lo voltar feito um novo Humboldt[1]. Instalado naquele vasto pandemônio do luxo e dos prazeres, Leôncio raras vezes, e só por desfastio, ia ouvir as eloquentes preleções dos exímios professores da época e nem tampouco era visto nos museus, institutos e bibliotecas. Em compensação era assíduo frequentador do Jardim Mabile, assim como de todos os cafés e teatros mais em voga, e tornara-se um dos mais afamados e elegantes leões[2] dos bulevares. No fim de alguns anos, ora de residência em Paris, ora de giros recreativos pelas águas e pelas principais capitais da Europa, tinha ele tão copiosa e desapiedadamente sangrado a bolsa paterna, que o comendador, a despeito de toda a sua condescendência e ternura para com seu único e querido filho, viu-se na necessidade de revocá-lo à sombra dos pátrios lares a fim de evitar uma completa ruína. Mas, mesmo assim, para não magoá-lo colhendo-lhe súbita e rudemente as rédeas na carreira dos desvarios e dissipações, assentou de atraí-lo suavemente acenando-lhe com a perspectiva de um rico e vantajosíssimo casamento.

Leôncio pegou na isca e voltou à pátria um perfeito dândi, gentil e elegante como ninguém, trazendo de suas viagens, em vez de conhecimentos e experiência, enorme dose de fatuidade e petulância e um tão perfeito traquejo da alta sociedade, que o tomaríeis por um príncipe. Mas o pior era que, se trazia o cérebro vazio, voltava com a alma corrompida e o coração estragado por hábitos de devassidão e libertinagem. Alguns bons e generosos instintos, de que o dotara a natureza, haviam se apagado em seu coração ao roçar de péssimas doutrinas confirmadas por exemplos ainda piores.

De volta da Europa, Leôncio contava vinte e cinco anos. O pai advertiu-lhe, com palavras insinuantes e jeitosas, que já era tempo de empregar-se em alguma coisa, de abraçar alguma carreira; que já se tinha aproveitado da bolsa paterna mais do que era preciso para sua educação, e que era mister ir aprendendo, se não a aumentar, ao menos a conservar uma fortuna[3], à testa da qual teria de achar-se mais tarde ou mais cedo. Depois de muita hesitação, Leôncio optou enfim pela carreira do comércio, que lhe pareceu ser a mais independente e segura de todas; mas as suas ideias largas e audaciosas a esse respeito aterraram o bom do comendador. O comércio de importação e exportação de gêneros, mesmo em larga escala, o próprio tráfego de africanos[4] lhe pareciam especulações degradantes e impróprias de sua alta posição e esmerada educação. O negócio de balcão e a retalho, esse inspirava-lhe asco e compaixão. Só lhe convinham as altas especulações

1 Alexandre Humboldt (1769-1859), célebre naturalista alemão que fez viagens científicas pela América e pela Ásia.
2 Gíria usada na época para indicar homens com fama de conquistadores.
3 Note que o estudo, para a classe alta, era um investimento apenas com a finalidade de aumentar o patrimônio (que o filho estudado faria).
4 O tráfico de escravos, que só foi proibido por volta de 1870, era na época em que se passa esta história um dos negócios mais comuns e rentáveis.

cambiais, as operações bancárias e transações em que jogasse com avultados capitais. Só assim poderia duplicar em pouco tempo a fortuna paterna. Com o que tinha observado na Bolsa de Paris e em outras praças europeias, presumia-se com habilitação bastante para dirigir as operações do mais importante estabelecimento bancário ou as mais grandiosas empresas industriais.

O pai, porém, não se animou a confiar sua fortuna aos azares especulativos daquele financeiro em botão, e que até ali só tinha dado provas de grande talento para consumir, em pouco tempo e em pura perda, somas consideráveis. Resolveu portanto a não tocar-lhe mais naquele assunto, esperando que o mancebo criasse mais algum juízo.

Vendo que seu pai esquecia-se completamente dos planos de criar-lhe um pecúlio próprio, Leôncio olhou para o casamento como o meio suave e natural de adquirir fortuna, como a única carreira que se lhe oferecia para ter dinheiro a esbanjar a seu bel-prazer.[1]

Malvina, a formosa filha de um riquíssimo negociante da corte, amigo do comendador, já estava destinada a Leôncio por comum acordo e aquiescência dos pais de ambos. A família do comendador foi à corte; os moços viram-se, amaram-se e casaram; foi coisa de poucos dias. Pouco tempo depois de seu casamento Leôncio passou pelo desgosto de perder sua mãe por um golpe inesperado. Essa boa e respeitável senhora não tinha sido muito feliz nas relações da vida íntima com seu marido, que, como homem de coração árido e frio, desconhecia as santas e puras delícias da afeição conjugal, e com suas libertinagens e devassidões dilacerava cotidianamente o coração de sua esposa. Para cúmulo de males tinha ela perdido ainda na infância todos os seus filhos, ficando-lhe só Leôncio. Lastimava-se principalmente por não ter-lhe deixado o céu ao menos uma filha, que lhe servisse de companhia e consolação em sua desolada velhice. Quis entretanto a sorte deparar-lhe em sua própria casa uma tal ou qual compensação a seus infortúnios em uma frágil criatura, que veio de alguma sorte encher o vácuo que sentia em seu bondoso e terno coração, e tornar menos triste e solitário o lar, em que passava os dias tão monótonos e enfadonhos.

Havia nascido em casa uma escravinha, que desde o berço atraiu por sua graça, gentileza e vivacidade toda a atenção e solicitude da boa velha.

Isaura era filha de uma linda mulata, que fora por muito tempo a mucama favorita e a criada fiel da esposa do comendador. Este, que como homem libidinoso e sem escrúpulos olhava as escravas como um serralho à sua disposição, lançou olhos cobiçosos e ardentes de lascívia sobre a gentil mucama. Por muito tempo resistiu ela às suas brutais solicitações; mas por fim teve de ceder às ameaças e violências. Tão torpe e bárbaro procedimento não pôde por muito tempo ficar oculto aos olhos de sua virtuosa esposa, que com isso concebeu mortal desgosto.[2]

---

1 O casamento entre membros da classe rica é colocado aqui como um meio de manter e até aumentar a fortuna.

2 O relacionamento sexual entre o senhor e suas escravas era um fato corriqueiro. Tal prática era uma extensão, considerada natural, do direito de propriedade do senhor, que dispunha do corpo do escravo como lhe aprouvesse.

Acabrunhado por ela das mais violentas e amargas exprobrações, o comendador não ousou mais empregar a violência contra a pobre escrava, e nem tampouco conseguiu jamais por outro qualquer meio superar a invencível repugnância que lhe inspirava. Enfureceu-se com tanta resistência, e deliberou em seu coração perverso vingar-se da maneira a mais bárbara e ignóbil acabrunhando-a de trabalhos e castigos. Exilou-a da sala, onde apenas desempenhava levianos e delicados serviços, para a senzala e os fragueiros trabalhos da roça, recomendando bem ao feitor que não lhe poupasse serviço nem castigo. O feitor, porém, que era um bom português ainda no vigor dos anos e que não tinha as entranhas tão empedernidas como o seu patrão, seduzido pelos encantos da mulata, em vez de trabalho e surras, só lhe dava carícias e presentes, de maneira que daí a algum tempo a mulata deu à luz da vida a gentil escravinha de que falamos. Esse fato veio exacerbar ainda mais a sanha do comendador contra a mísera escrava. Expeliu com impropérios e ameaças o bom e fiel feitor, e sujeitou a mulata a tão rudes trabalhos e tão cruel tratamento, que em breve a precipitou no túmulo, antes que pudesse acabar de criar sua tenra e mimosa filhinha.

Eis aí debaixo de que tristes auspícios nasceu a linda e infeliz Isaura. Todavia, como para indenizá-la de tamanha desventura, uma santa mulher, um anjo de bondade, curvou-se sobre o berço da pobre criança e veio ampará-la à sombra de suas asas caridosas. A mulher do comendador considerou aquela tenra e formosa cria como um mimo que o céu lhe enviava para consolá-la das angústias e dissabores que tragava em consequência dos torpes desmandos de seu devasso marido. Levantou ao céu os olhos banhados em lágrimas e jurou pela alma da infeliz mulata encarregar-se do futuro de Isaura, criá-la e educá-la como se fosse uma filha.

Assim o cumpriu com o mais religioso escrúpulo. À medida que a menina foi crescendo e entrando em idade de aprender, foi-lhe ela mesma ensinando a ler e escrever, a coser e a rezar. Mais tarde procurou-lhe também mestres de música, de dança, de italiano, de francês, de desenho, comprou-lhe livros e empenhou-se enfim em dar à menina a mais esmerada e fina educação, como o faria para com uma filha querida. Isaura, por sua parte, não só pelo desenvolvimento de suas graças e atrativos corporais, como pelos rápidos progressos de sua viva e robusta inteligência, foi muito além das mais exageradas esperanças da excelente velha, a qual, em vista de tão felizes e brilhantes resultados, cada vez mais se comprazia em lapidar e polir aquela joia, que ela dizia ser a pérola entrançada em seus cabelos brancos.

— O céu não quis dar-me uma filha de minhas entranhas — costumava ela dizer —, mas em compensação deu-me uma filha de minha alma.

O que, porém, mais era de admirar na interessante menina é que aquela predileção e extremosa solicitude de que era objeto não a tornava impertinente, vaidosa ou arrogante nem mesmo para com seus parceiros de cativeiro. O mimo com que era tratada em nada lhe alterava a natural bondade e candura do coração. Era sempre alegre e boa com os escravos, dócil e submissa com os senhores.[1]

---

1 A bondade, a pureza, a beleza e até a alvura fazem de Isaura a mulher-anjo, típica heroína romântica.

O comendador não gostava nada do singular capricho de sua esposa para com a mulatinha, capricho que qualificava de caduquice.

— Forte loucura! — costumava exclamar com acento de comiseração. — Está aí se esmerando em criar uma formidável tafulona, que lá pelo tempo adiante há de lhe dar água pela barba. As velhas, umas dão para rezar, outras para ralhar desde a manhã até a noite, outras para lavar cachorrinhos ou para criar pintos; esta deu para criar mulatinhas princesas. É um divertimento um pouco mais dispendioso na verdade;[1] mas... que lhe faça bom proveito; ao menos enquanto se entretém por lá com o seu embeleco, poupa-me uma boa dúzia de impertinentes e rabugentos sermões... Lá se avenha!...

Poucos dias depois do casamento de Leôncio, o comendador, com toda a família, inclusive os dois novos desposados, transportou-se de novo para a fazenda de Campos. Foi então que o comendador entregou a seu filho toda a administração e usufruto daquela propriedade, com toda a escravatura e mais acessórios nela existentes, declarando-lhe que, achando-se já bastante velho, enfermo e cansado, queria passar tranquilamente o resto de seus dias livre de afazeres e preocupações, para o que lhe bastavam com sobejidão as rendas que para si reservava. Feita em vida essa magnífica dotação a seu filho, retirou-se para a corte. Sua esposa porém preferiu ficar em companhia do filho, o que foi muito do gosto e aprovação do marido.

Malvina, que, apesar da sua vaidade aristocrática, tinha alma cândida e boa, e um coração bemformado, não pôde deixar de conceber logo desde o princípio o mais vivo interesse e terna afeição pela cativa Isaura. Era essa com efeito de índole tão bondosa e fagueira, tão dócil, modesta e submissa que, apesar de sua grande beleza e incontestáveis dotes de espírito, conquistava logo ao primeiro encontro a benevolência de todos.

Isaura tornou-se imediatamente, não direi a mucama favorita, mas a fiel companheira, a amiga de Malvina, que, afeita aos prazeres e passatempos da corte, muito folgou de encontrar tão boa e amável companhia na solidão que ia habitar.

— Por que razão não libertam essa menina? — dizia ela um dia à sua sogra. — Uma tão boa e interessante criatura não nasceu para ser escrava.

— Tem razão, minha filha — respondeu bondosamente a velha —, mas que quer você?... Não tenho ânimo de soltar esse passarinho que o céu me deu para me consolar e tornar mais suportáveis as pesadas e compridas horas da velhice. E também libertá-la para quê? Ela aqui é livre, mais livre do que eu mesma, coitada de mim, que já não tenho gostos na vida nem forças para gozar da liberdade. Quer que eu solte a minha patativa? E se ela transviar por aí, e nunca mais acertar com a porta da gaiola?... Não, não, minha filha; enquanto eu for viva, quero tê-la sempre bem pertinho de mim, quero que seja minha, e minha só. Você há de estar dizendo lá consigo — "forte egoísmo de velha!", mas também eu já poucos dias terei de vida; o sacrifício não será grande. Por minha morte ficará livre, e eu terei o cuidado de deixar-lhe um bom legado.

---

1 Note que mesmo as senhoras têm pouco poder na sociedade patriarcal escravocrata; aqui as vontades ou ações da mãe de Leôncio são consideradas "caprichos", isto é, marcadas pela futilidade.

De feito, a boa velha tentou por diversas vezes escrever seu testamento a fim de garantir o futuro de sua escravinha, de sua querida pupila; mas o comendador, auxiliado por seu filho com delongas e fúteis pretextos, conseguia ir sempre adiando a satisfação do louvável e santo desejo de sua esposa, até o dia em que, fulminada por um ataque de paralisia geral, ela sucumbiu em poucas horas sem ter tido um só momento de lucidez e reanimação para expressar sua última vontade.

Malvina jurou sobre o cadáver de sua sogra continuar para com a infeliz escrava a mesma proteção e solicitude que a defunta lhe havia prodigalizado. Isaura pranteou por muito tempo a morte daquela que havia sido para ela mãe desvelada e carinhosa; e continuou a ser escrava não já de uma boa e virtuosa senhora, mas de senhores caprichosos, devassos e cruéis.

CAPÍTULO 3

Falta-nos ainda conhecer mais de perto Henrique, o cunhado de Leôncio. Era ele um elegante e bonito rapaz de vinte anos, frívolo, estouvado e vaidoso, como são quase sempre todos os jovens, mormente quando lhes coube a ventura de terem nascido de um pai rico. Não obstante esses ligeiros senões, tinha bom coração e bastante dignidade e nobreza de alma. Era estudante de medicina, e, como estava-se em férias, Leôncio o convidara a vir visitar a irmã e passar alguns dias em sua fazenda.

Os dois mancebos chegavam de Campos, onde Leôncio desde a véspera tinha ido ao encontro do cunhado.

Só depois de casado, Leôncio, que antes disso poucas e breves estadas fizera na casa paterna, começou a prestar atenção à extrema beleza e às graças incomparáveis de Isaura. Posto que lhe coubesse em sorte uma linda e excelente mulher, ele não se havia casado por amor, sentimento esse a que seu coração até ali parecia absolutamente estranho. Casara-se por especulação, e, como sua mulher era moça e bonita, sentira apenas por ela paixão, que se ceva no gozo dos prazeres sensuais e com eles se extingue. Estava reservado à infeliz Isaura fazer vibrar profunda e violentamente naquele coração as fibras que ainda não estavam de todo estragadas pelo atrito da devassidão. Concebeu por ela o mais cego e violento amor, que de dia em dia ia crescendo na razão direta dos sérios e poderosos obstáculos que encontrava, obstáculos a que não estava afeito e que em vão se esforçava para superar. Mas nem por isso desistia de sua tresloucada empresa, porque, em fim de contas — pensava ele —, Isaura era propriedade sua, e, quando nenhum outro meio fosse eficaz, restava-lhe o emprego da violência. Leôncio era um digno herdeiro de todos os maus instintos e da brutal devassidão do comendador.[1]

---

1 Um dos elementos principais da vileza de Leôncio é misturar amor e sensualidade, impulsos totalmente distintos e geralmente separados de acordo com a concepção romântica do amor, tido como algo puro, ou seja, sem a mácula da sensualidade.

Pelo caminho, como sua mente andava sempre cheia da imagem de Isaura, Leôncio conversara longamente com seu cunhado a respeito dela, exaltando-lhe a beleza e deixando transluzir com revoltante cinismo as lascivas intenções que abrigava no coração. Essa conversação não agradava muito a Henrique, que às vezes corava de pejo e de indignação por sua irmã, mas não deixou de excitar-lhe viva curiosidade de conhecer uma escrava de tão extraordinária beleza.

No dia seguinte ao da chegada dos mancebos, às oito horas da manhã, Isaura, que acabava de espanejar os móveis e arranjar o salão, achava-se sentada junto a uma janela e entretinha-se a bordar, à espera que seus senhores se levantassem para servir-lhes o café. Leôncio e Henrique não tardaram em aparecer, e, parando à porta do salão, puseram-se a contemplar Isaura, que, sem se aperceber da presença deles, continuava a bordar distraidamente.

— Então, que te parece? — segredava Leôncio a seu cunhado. — Uma escrava dessa ordem não é um tesouro inapreciável? Quem não diria que é uma andaluza de Cádiz[1], ou uma napolitana?...

— Não é nada disso; mas é coisa melhor — respondeu Henrique maravilhado. — É uma perfeita brasileira.

— Qual brasileira! É superior a tudo quanto há. Aqueles encantos e aquelas dezessete primaveras, em uma moça livre, teriam feito virar o juízo a muita gente boa. Tua irmã pretende com instância que eu a liberte, alegando que essa era a vontade de minha defunta mãe; mas nem tão tolo sou eu que me desfaça assim sem mais nem menos de uma joia tão preciosa. Se minha mãe teve o capricho de criá-la com todo o mimo e de dar-lhe uma primorosa educação, não foi decerto para abandoná-la ao mundo, não achas?... Também meu pai parece que cedeu às instâncias do pai dela, que é um pobre galego que por aí anda e que pretende libertá-la; mas o velho pede por ela tão exorbitante soma que julgo nada dever recear por esse lado. Vê lá, Henrique, se há nada que pague uma escrava assim?...

— É com efeito encantadora — replicou o moço. — Se estivesse no serralho do sultão, seria sua odalisca favorita. Mas devo notar-te, Leôncio — continuou, cravando no cunhado um olhar cheio de maliciosa penetração —, como teu amigo e como irmão de tua mulher, que o teres em tua sala e ao lado de minha irmã uma escrava tão linda e tão bem-tratada não deixa de ser inconveniente e talvez perigoso para a tranquilidade doméstica...

— Bravo! — atalhou Leôncio, galhofando. — Para a idade que tens, já estás um moralista de polpa!... Mas não te dê isso cuidado, meu menino; tua irmã não tem dessas veleidades, e é ela mesma quem mais gosta de que Isaura seja vista e admirada por todos. E tem razão; Isaura é como um traste de luxo[2] que deve estar sempre exposto no salão. Querias que eu mandasse para a cozinha os meus espelhos de Veneza?...

Malvina, que vinha do interior da casa, risonha, fresca e alegre como uma manhã de abril, veio interromper-lhes a conversação.

---

1 Cidade da região de Andaluzia, na Espanha.

2 Aqui Leôncio deixa claro que Isaura é como qualquer móvel ou objeto de sua propriedade, ainda que de luxo.

— Bom dia, senhores preguiçosos! — disse ela com voz argentina e festiva como o trino da andorinha. — Até que enfim sempre se levantaram!

— Estás hoje muito alegre, minha querida — retorquiu-lhe sorrindo o marido. — Viste algum passarinho verde de bico dourado?...

— Não vi, mas hei de ver; estou alegre mesmo, e quero que hoje aqui em casa seja um dia de festa para todos. Isso depende de ti, Leôncio, e estava aflita por te ver de pé; quero dizer-te uma coisa; já devia tê-la dito ontem, mas o prazer de ver este ingrato de irmão, que há tanto tempo não vejo, me fez esquecer...

— Mas o que é?... Fala, Malvina.

— Não te lembras de uma promessa, que sempre me fazes, promessa sagrada, que há muito tempo devia ter sido cumprida?... Hoje quero absolutamente, exijo, o seu cumprimento.

— Deveras?... Mas que promessa?... Não me lembro.

— Ah! Como te fazes de esquecido!... Não te lembras que me prometeste dar liberdade a...

— Ah! Já sei, já sei — atalhou Leôncio com impaciência. — Mas tratar disso aqui agora? Em presença dela?... Que necessidade há de que nos ouça?

— E que mal faz isso? Mas seja como quiseres — replicou a moça tomando a mão de Leôncio e levando-o para o interior da casa. — Vamos cá para dentro. Henrique, espera aí um momento, enquanto eu vou mandar preparar-nos o café.

Só depois da chegada de Malvina, Isaura deu pela presença dos dois mancebos que, a certa distância, a contemplavam cochichando a respeito dela. Também pouco ouviu ela e nada compreendeu do rápido diálogo que tivera lugar entre Malvina e seu marido. Apenas estes se retiraram ela também se levantou e ia sair, mas Henrique, que ficara só, a deteve com um gesto.

— Que me quer, senhor? — disse ela baixando os olhos com humildade.

— Espera aí, menina; tenho alguma coisa a dizer-te — replicou o moço, e sem dizer mais nada colocou-se diante dela devorando-a com os olhos, e como extático contemplando-lhe a maravilhosa beleza. Henrique sentia-se acanhado diante daquela nobre figura radiante de beleza e de angélica serenidade. Por seu lado Isaura também olhava para o moço, atônita e tolhida, esperando em vão que lhe dissesse o que queria. Por fim, Henrique, afoito e estouvado como era, lembrando-se que Isaura, a despeito de toda a sua formosura, não passava de uma escrava, entendeu que fazia um ridículo papel, deixando-se ali ficar diante dela em muda e extática contemplação, e chegando-se a ela com todo o desembaraço e petulância travou-lhe da mão, e...

— Mulatinha[1] — disse —, tu não fazes ideia de quanto és feiticeira. Minha irmã tem razão; é pena que uma menina assim tão linda não seja mais que uma escrava. Se tivesses nascido livre, serias incontestavelmente a rainha dos salões.

---

1 Perceba como o comportamento de Henrique muda subitamente: ao contemplar Isaura como uma moça branca, sente-se interessado, porém o pudor o retém. Mas ao se lembrar de que ela é uma escrava trata-a com desrespeito e ousadia.

— Está bem, senhor, está bem! — replicou Isaura soltando-se da mão de Henrique. — Se é só isso o que tinha a dizer-me, deixe-me ir embora.

— Espera ainda um pouco; não sejas assim má; eu não te quero fazer mal algum. Oh! Quanto eu daria para obter a tua liberdade, se com ela pudesse obter também o teu amor!... És muito mimosa e muito linda para ficares por muito tempo no cativeiro; alguém impreterivelmente virá arrancar-te dele, e se hás de cair nas mãos de algum desconhecido, que não saberá dar-te o devido apreço, seja eu, minha Isaura, seja o irmão de tua senhora, que de escrava te haja de fazer uma princesa...

— Ah! Senhor Henrique! — retorquiu a menina com enfado. — O senhor não se peja de dirigir esses galanteios a uma escrava de sua irmã? Isso não lhe fica bem; há por aí tanta moça bonita, a quem o senhor pode fazer a corte...[1]

— Não; ainda não vi nenhuma que te iguale, Isaura, eu te juro. Olha, Isaura; ninguém mais do que eu está nas circunstâncias de conseguir a tua liberdade; sou capaz de obrigar Leôncio a te libertar, porque, se me não engano, já lhe adivinhei os planos e as intenções, e protesto-te que hei de burlá-los todos; é uma infâmia em que não posso consentir. Além da liberdade terás tudo o que desejares, sedas, joias, carros, escravos para te servirem, e acharás em mim um amante extremoso[2], que sempre te há de querer e nunca te trocará por quanta moça há por este mundo, por bonita e rica que seja, porque tu só vales mais que todas elas juntas.

— Meu Deus! — exclamou Isaura com um ligeiro tom de mofa. — Tanta grandeza me aterra; isso faria virar-me o juízo. Nada, meu senhor; guarde suas grandezas para quem melhor as merecer; eu por ora estou contente com a minha sorte.

— Isaura!... Para que tanta crueldade!... Escuta — disse o moço lançando o braço ao pescoço de Isaura.

— Senhor Henrique! — gritou ela esquivando-se ao abraço. — Por quem é, deixe-me em paz!

— Por piedade, Isaura! — insistiu o rapaz continuando a querer abraçá-la; — oh!... Não fales tão alto!... Um beijo... Um beijo só, e já te deixo...

— Se o senhor continua, eu grito mais alto. Não posso aqui trabalhar um momento que não me venham perturbar com declarações que não devo escutar...

— Oh! Como está altaneira! — exclamou Henrique, já um tanto agastado com tanta resistência. — Não lhe falta nada!...Tem até os ares desdenhosos de uma grande senhora!... Não te arrufes assim, minha princesa...

— Arre lá, senhor! — bradou a escrava já no auge da impaciência. — Já não bastava o senhor Leôncio!... Agora vem o senhor também...

---

1 O comentário de Isaura revela nobreza e inteligência, atributos das senhoras e não das escravas. O narrador pretende mostrar o quão injusta é a condição servil para Isaura. Tal ideia será retomada várias vezes no decorrer da história.

2 Note que Henrique não propõe a Isaura casamento, como faria a qualquer moça branca; pelo contrário, trata-a como prostituta ao lhe propor que seja sua concubina em troca da liberdade.

— Como?... Que estás dizendo?... Também Leôncio?... Oh!... Oh! Bem o coração me estava adivinhando!... Que infâmia!... Mas decerto tu o escutas com menos impaciência, não é assim?

— Tanto como escuto ao senhor.

— Não duvido Isaura; a lealdade que deves a tua senhora, que tanto te estima, não te permite que dês ouvidos àquele perverso. Mas comigo o caso é diferente; que motivo há para seres cruel assim?

— Eu cruel para com meus senhores!!! Ora, senhor, pelo amor de Deus!... Não esteja assim a escarnecer de uma pobre cativa.

— Não! Não escarneço... Isaura!... Escuta — exclamava Henrique forcejando para abraçá-la e furtar-lhe um beijo.

— Bravo!... Bravíssimo! — retumbou pelo salão uma voz acompanhada de sardônica e estrepitosa gargalhada.

Henrique voltou-se sobressaltado. Toda a sua amorosa exaltação tinha-se-lhe gelado de súbito no âmago do coração.

Leôncio estava em pé no meio da porta, de braços cruzados e olhando para ele com sorriso do mais insultante escárnio.

— Bravo! Muito bem, senhor meu cunhado! — continuou Leôncio no mesmo tom de mofa. — Está pondo em prática belissimamente as suas lições de moral!... Requestando-me as escravas!... Está galante!... Sabe respeitar divinamente a casa de sua irmã!...

— Ah! Maldito importuno! — murmurou Henrique, trincando os dentes de cólera, e seu primeiro impulso foi investir de punho fechado e responder com cachações aos insolentes sarcasmos do cunhado. Refletindo porém um momento, sentiu que lhe seria mais vantajoso empregar contra o seu agressor a mesma arma de que se servira contra ele, o sarcasmo, que as circunstâncias lhe permitiam vibrar de modo vitorioso e decisivo. Acalmou-se, pois, e com sorriso de soberano desdém:

— Ah! Perdão, meu cunhado! — disse ele. — Não sabia que a peregrina joia do seu salão lhe merecesse tanto cuidado, que o levasse a ponto de andá-la espionando; creio que tem mais zelo por ela do que mesmo pelo respeito que se deve à sua casa e à sua mulher. Pobre de minha irmã!... É bem simples, e admira que, há mais tempo, não tenha conhecido o belo marido que possui!...

— O que estás dizendo, rapaz? — bradou Leôncio com gesto ameaçador. — Repete; que estás dizendo?

— O mesmo que o senhor acaba de ouvir[1] — redarguiu Henrique com firmeza. — E fique certo de que o seu indigno procedimento não há de ficar por muito tempo oculto à minha irmã.

— Qual procedimento!? Tu deliras, Henrique?...

— Faça-se de esquerdo!... Pensa que não sei tudo?... Enfim, adeus, senhor Leôncio; eu me retiro, porque seria altamente inconveniente, indigno e ridículo da minha parte estar a disputar com o senhor por amor de uma escrava.

---

1 A mudança de tratamento (de tu para senhor) serve para colocar distância entre os dois jovens que até há pouco se tratavam como parentes e amigos.

— Espera, Henrique... Escuta...

— Não, não; não tenho negócio nenhum com o senhor. Adeus! — disse e retirou-se precipitadamente.

Leôncio sentiu-se esmagado e arrependeu-se mil e uma vezes de ter provocado tão imprudentemente aquele leviano e estouvado rapaz. Ignorava que seu cunhado estivesse ao fato da paixão que sentia por Isaura e dos esforços que empregava para vencer-lhe a isenção e lograr seus favores.[1] É verdade que lhe havia falado sem muito rebuço a esse respeito; mas algumas palavras ditas entre rapazes, em tom de mera chocarrice, não constituíam base suficiente para que sobre ela Henrique pudesse articular uma acusação séria contra ele em face de sua mulher. Decerto a rapariga lhe havia revelado alguma coisa, e isso o fazia espumar de despeito e raiva contra um e outra. Bem pouco lhe importava a perturbação da paz doméstica, o que o enfurecia era o perigo em que se colocara de ver desconcertados os seus perversos desígnios sobre a gentil escrava.

— Maldição! — rugia ele lá consigo. — Aquele maluco é bem capaz de desconcertar todos os meus planos. Se sabe alguma coisa, como parece, não porá dúvida em levar tudo aos ouvidos de Malvina...

Leôncio ficou por alguns momentos em pé, imóvel, sombrio, carrancudo, com o espírito entregue à cruel inquietação que o fustigava. Depois, pairando as vistas em derredor, deu com os olhos em Isaura, a qual, desde que Leôncio se apresentara, corrida, trêmula e anelante, fora sumir-se em um canto da sala; dali presenciara em silenciosa ansiedade a altercação dos dois moços, como corça malferida escutando o rugir de dois tigres que disputaram entre si o direito de devorá-la. Por seu lado também se arrependia do íntimo da alma, e raivava contra si mesma pela indiscreta e louca revelação que em um assomo de impaciência deixara escapar dos seus lábios. Sua imprudência ia ser causa da mais deplorável discórdia no seio daquela família, discórdia de que por fim de contas ela viria a ser a principal vítima. A desavença entre os dois mancebos era como o choque de duas nuvens, que se encontram e continuam a pairar tranquilamente no céu; mas o raio desprendido de seu seio teria de vir certeiro sobre a fronte da infeliz cativa.

Capítulo 4

— Ah! Estás ainda aí?... Fizeste bem — disse Leôncio mal avistou Isaura, que trêmula e confusa não ousara sair do cantinho a que se abrigara, e onde fazia mil votos ao céu para que seu senhor não a visse, nem se lembrasse dela naquele momento. — Isaura — continuou ele —, pelo que vejo, andas bem adiantada em amores!... Estavas a ouvir finezas daquele rapazola...

— Tanto como ouço as suas, meu senhor, por não ter outro remédio. Uma escrava que ousasse olhar com amor para seus senhores merecia ser severamente castigada.

— Mas tu disseste alguma coisa àquele estouvado, Isaura?...

— Eu?! — respondeu a escrava perturbando-se. — Eu, nada que possa ofender nem ao senhor nem a ele...

1 Note o eufemismo usado para se referir ao contato sexual que Leôncio deseja e que Isaura rejeita.

— Pesa bem as tuas palavras, Isaura; olha, não procures enganar-me. Nada lhe disseste a meu respeito?

— Nada.

— Juras?

— Juro — balbuciou Isaura.

— Ah! Isaura, Isaura!... Tem cuidado. Se até aqui tenho sofrido com paciência as tuas repulsas e desdéns, não estou disposto a suportar que em minha casa, e quase em minha presença, estejas a escutar galanteios de quem quer que seja, e muito menos revelar o que aqui se passa. Se não queres o meu amor, evita ao menos de incorrer no meu ódio.[1]

— Perdão, senhor, que culpa tenho eu de andarem a perseguir-me?

— Tens alguma razão; estou vendo que me verei forçado a desterrar-te desta casa e a esconder-te em algum canto, onde não sejas tão vista e cobiçada...

— Para quê, senhor...

— Basta; não te posso ouvir agora, Isaura. Não convém que nos encontrem aqui conversando a sós. Em outra ocasião te escutarei. É preciso estorvar que aquele estonteado vá intrigar-me com Malvina — murmurava Leôncio retirando-se. — Ah! Cão! Maldita a hora em que te trouxe à minha casa!

— Permita Deus que tal ocasião nunca chegue! — exclamou tristemente dentro da alma a rapariga, vendo seu senhor retirar-se. Ela via com angústia e mortal desassossego as contínuas e cada vez mais encarniçadas solicitações de Leôncio, e não atinava com um meio de opor-lhes um paradeiro. Resolvida a resistir até a morte, lembrava-se da sorte de sua infeliz mãe, cuja triste história bem conhecia, pois a tinha ouvido, segredada a medo e misteriosamente, da boca de alguns velhos escravos da casa, e o futuro se lhe antolhava carregado das mais negras e sinistras cores.

Revelar tudo a Malvina era o único meio que se lhe apresentava ao espírito para pôr termo às ousadias do seu marido e atalhar futuras desgraças. Mas Isaura amava muito sua jovem senhora para ousar dar semelhante passo, que iria derramar-lhe no seio um pego de desgostos e amarguras, quebrando-lhe para sempre a risonha e doce ilusão em que vivia.

Preferia antes morrer como sua mãe, vítima das mais cruéis sevícias, a ir por suas mãos lançar uma nuvem sinistra no céu até ali tão sereno e bonançoso de sua querida senhora.

O pai de Isaura, o único ente no mundo que, à exceção de Malvina, se interessava por ela, pobre e simples jornaleiro[2], não se achava em estado de poder protegê-la contra as perseguições e violências de que se achava ameaçada. Em tão cruel situação, Isaura não sabia senão chorar em segredo a sua desventura e implorar ao céu, do qual somente podia esperar remédio a seus males.

---

1 Leôncio deixa bem claro que, se Isaura não se entregar a ele, não poderá entregar-se a outro, pois ela, assim como seu corpo, é propriedade dele.

2 Peão de fazenda, que trabalha por jornada, fazendo serviços que não fazem os escravos; por exemplo: capataz, técnico de máquinas etc.

Bem se compreende, pois, agora, aquele acento tão dorido, tão repassado de angústia, com que cantava a sua canção favorita. Malvina enganava-se atribuindo sua tristeza a alguma paixão amorosa. Isaura conservava ainda o coração no mais puro estado de isenção. Com quanto mais dó não a teria lastimado sua boa e sensível senhora, se pudesse adivinhar a verdadeira causa dos pesares que o ralavam.[1]

Capítulo 5

Isaura, despertando de suas pungentes e amargas preocupações, tomou seu balainho de costura e ia deixar o salão, resolvida a sumir-se no mais escondido recanto da casa ou amoitar-se em algum esconderijo do pomar. Esperava assim esquivar-se à repetição de cenas indecentes e vergonhosas, como essas por que acabava de passar. Apenas dera os primeiros passos, foi detida por uma extravagante e grotesca figura que, penetrando no salão, veio postar-se diante de seus olhos.

Era um monstrengo afetando formas humanas, um homúnculo em tudo malconstruído, de cabeça enorme, tronco raquítico, pernas curtas e arqueadas para fora, cabeludo como um urso e feio como um mono. Era como um desses truões disformes que formavam parte indispensável do séquito de um grande rei da Média Idade, para divertimento dele e de seus cortesões. A natureza esquecera de lhe formar o pescoço, e a cabeça disforme nascia-lhe de dentro de uma formidável corcova, que a resguardava quase como um capuz. Bem reparado, todavia, o rosto não era muito irregular, nem repugnante, e exprimia muita cordura, submissão e bonomia.

Isaura teria soltado um grito de pavor se há muito não estivesse familiarizada com aquela estranha figura, pois era ele, sem mais nem menos, o senhor Belchior, fiel e excelente ilhéu[2], que há muitos anos exercia naquela fazenda, mui digna e conscienciosamente, apesar de sua deformidade e idiotismo, o cargo de jardineiro. Parece que as flores, que são o símbolo natural de tudo quanto é belo, puro e delicado, deviam ter um cultor menos disforme e repulsivo. Mas quis a sorte ou o capricho do dono da casa estabelecer aquele contraste, talvez para fazer sobressair a beleza de umas à custa da fealdade do outro.

Belchior tinha em uma das mãos o vasto chapéu de palha, que arrastava pelo chão, e com a outra empunhava, não um ramalhete, mas um enorme feixe de flores de todas as qualidades, à sombra das quais procurava eclipsar sua desgraciosa e extravagante figura. Parecia um desses vasos de louça, de formas fantásticas e grotescas, que se enchem de flores para enfeitar bufetes e aparadores.

"Valha-me Deus!", pensou Isaura ao dar com os olhos no jardineiro. "Que sorte é a minha! Ainda mais este!... Este ao menos é de todos o mais suportável; os outros me amofinam, e atormentam; este às vezes me faz rir."

---

1 Note como tudo que foi dito sobre a vida de Isaura e sobre o caráter de Leôncio justifica a tristeza da escrava.

2 Natural da Ilha da Madeira, Portugal.

— Muito bem aparecido, senhor Belchior! Então, o que deseja?

— Senhora Isaura, eu... eu... vinha... — resmungou embaraçado o jardineiro.

— Senhora!... Eu senhora!... Também o senhor pretende caçoar comigo, senhor Belchior?...

— Eu caçoar com a senhora!... Não sou capaz... Minha língua seja comida de bichos, se eu faltar com o respeito devido à senhora... Vinha trazer-lhe estas *froles*, se bem que a senhora mesma é uma *frol*...

— Arre lá, senhor Belchior!... Sempre a dar-me de senhora!... Se continua por essa forma, ficamos mal, e não aceito as suas *froles*... Eu sou Isaura, escrava da senhora dona Malvina; ouviu, senhor Belchior?

— Embora lá isso; e *soverana* cá deste coração, e eu, menina, dou-me por feliz se puder beijar-te os pés. Olha, Isaura...

— Ainda bem! Agora sim; trate-me desse modo.

— Olha, Isaura, eu sou um pobre jardineiro, lá isso é verdade; mas sei trabalhar, e não hás de achar vazio o meu mealheiro, onde já tenho mais de meio mil cruzados. Se me quiseres, como eu te quero, arranjo-te a liberdade e caso-me contigo, que também não és para andar aí assim como escrava de ninguém.[1]

— Muito obrigada pelos seus bons desejos; mas perde seu tempo, senhor Belchior. Meus senhores não me libertam por dinheiro nenhum.

— Ah! Deveras!... Que *malbados*!... ter assim no *catibeiro* a rainha da *fermosura*!... Mas não importa, Isaura; terei mais gosto em ser escravo de uma escrava como tu, do que em ser senhor dos senhores de cem mil cativos.[2] Isaura!... Não fazes ideia de como te quero. Quando vou molhar as minhas *froles*, estou a lembrar-me de ti com uma *soidade*!...

— Deveras! Ora se viu que amor!...

— Isaura! — continuou Belchior, curvando os joelhos. — Tem piedade deste teu infeliz cativo...

— Levante-se, levante-se — interrompeu Isaura com impaciência. — Seria bonito que meus senhores viessem aqui encontrá-lo fazendo esses papéis!... Que estou-lhe dizendo... Ei-los aí!... Ah! Senhor Belchior!

De feito, de um lado Leôncio, e de outro Henrique e Malvina, os estavam observando.

Henrique, tendo-se retirado do salão, despeitado e furioso contra seu cunhado, assomado e leviano como era, foi encontrar a irmã na sala de jantar, onde se achava preparando o café, e ali em presença dela não hesitou em desabafar sua cólera, soltando palavras imprudentes, que lançaram no espírito da moça o germe da desconfiança e da inquietação.

— Este teu marido, Malvina, não passa de um miserável patife — disse bufando de raiva.

---

1 Apesar das boas intenções de Belchior, o pedido de casamento é humilhante para Isaura, que tem todas as qualidades de uma senhora e que portanto merece o amor de um moço rico e branco.

2 Ao dizer que é preferível ser escravo a senhor, Belchior está querendo ser galante, pois de fato ele é homem livre, que vive da sua força de trabalho.

— Que estás dizendo, Henrique?!... Que te fez ele?... — perguntou a moça, espantada com aquele rompante.

— Tenho pena de ti, minha irmã... Se soubesses... Que infâmia!...

— Estás doido, Henrique!... O que há então?

— Permita Deus que nunca o saibas!... Que vilania!...

— O que houve então, Henrique?... Fala, explica-te, por quem és — exclamou Malvina, pálida e ofegante no cúmulo da aflição.

— Oh! Que tens?... Não te aflijas assim, minha irmã — respondeu Henrique, já arrependido das loucas palavras que havia soltado. Tarde compreendeu que fazia um triste e deplorável papel, servindo de mensageiro da discórdia e da desconfiança entre dois esposos, que até ali viviam na mais perfeita harmonia e tranquilidade. Tarde e em vão procurou atenuar o terrível efeito de sua fatal indiscrição.

— Não te inquietes, Malvina — continuou ele procurando sorrir-se. — Teu marido é um formidável turrão, eis aí tudo; não vás pensar que nos queremos bater em duelo.

— Não; mas vieste espumando de raiva, com os olhos em fogo, e com um ar...

— Qual!... Pois não me conheces?... Sempre fui assim; por dá cá aquela palha pego fogo, mas também é fogo de palha.

— Mas pregaste-me um susto!...

— Coitada!... Toma isto — disse-lhe Henrique, oferecendo-lhe uma xícara de café. É a melhor coisa que há para aplacar sustos e ataques de nervos.[1]

Malvina procurou acalmar-se, mas as palavras do irmão tinham-lhe penetrado no âmago do coração, como a dentada de uma víbora, aí deixando o veneno da desconfiança.

O aparecimento de Leôncio, que vinha do salão, pôs termo a este incidente. Os três tomaram café à pressa e sem trocarem palavras; estavam já ressabiados uns com outros, olhavam-se com desconfiança, e, de um momento para outro, a discórdia insinuara-se no seio daquela pequena família, ainda há pouco tão feliz, unânime e tranquila. Tomado o café, retiraram-se, mas todos, por um impulso instintivo, dirigiram seus passos para o salão. Henrique e Malvina de braços dados pelo grande corredor da entrada, e Leôncio sozinho por compartimentos interiores, que comunicavam com o salão. Era ali com efeito que se achava o pomo fatal[2], mas inocente, que devia servir de instrumento da desunião e descalabro daquela nascente família.

Chegaram ainda a tempo de presenciar o final da cena ridícula, que Belchior representava aos pés de Isaura. Leôncio, porém, que os espiava através das sanefas entreabertas de uma alcova, não avistava Henrique e Malvina, que haviam parado no corredor junto à porta da entrada.

---

1 É curioso que naquela época se usasse o café como remédio calmante. Essa era umas das propriedades terapêuticas que se atribuía então ao produto.

2 Referência ao pomo de discórdia. Segundo a mitologia grega, Páris foi escolhido para premiar com um pomo (maçã) de ouro aquela que julgasse a mais bela das três deusas: Juno, Palas ou Vênus. O prêmio, que provocou discórdia entre elas, coube a Vênus.

— Oh! oh! — exclamou ele no momento em que Belchior prostrava-se aos pés de Isaura. — Creio que tenho dentro de casa um ídolo, diante do qual todos vêm ajoelhar-se e render adorações!... Até o meu jardineiro!... Olá, senhor Belchior, está bonito!... Continue com a farsa, que não está má... Mas para tratar dessa flor não precisamos de seus cuidados, não; tem entendido, senhor Belchior!...

— Perdão, senhor meu — balbuciou o jardineiro erguendo-se trêmulo e confuso. — Eu vinha trazer estas *froles* para os *basos* da sala...

— E apresentá-las de joelhos!... Essa é galante!... Se continua nesse papel de galã, declaro-lhe que o ponho pela porta fora com dois pontapés nessa corcova.

Corrido, confuso e azoinado, Belchior, cambaleando e esbarrando pelas cadeiras, lá se foi às cegas em busca da porta da rua.

— Isaura! Ó minha Isaura! — exclamou Leôncio saindo da alcova, avançando com os braços abertos para a rapariga, e dando à voz, até ali áspera e rude, a mais suave e terna inflexão.

Um ai agudo e pungente, que ecoou pelo salão, o faz parar mudo, gélido e petrificado. Tinha avistado no meio da porta Malvina, que, pálida e desfalecida, ocultava a fronte no ombro de seu irmão, que a amparava nos braços.[1]

— Ah! Meu irmão! — exclamou ela voltando de seu delíquio. — Agora compreendo tudo que ainda há pouco me dizias.

E, com uma das mãos comprimindo o coração, que parecia querer-lhe estalar de dor, e com a outra escondendo no lenço as lágrimas, que dos formosos olhos lhe brotavam aos pares, correu a encerrar-se em seu aposento.

Leôncio, desconcertado pelo terrível contratempo de que acabava de ser vítima, ficou largo tempo a passear, frenético e agitado, de um a outro lado, ao longo do salão, furioso contra o cunhado, a cuja impertinente leviandade atribuía as fatais ocorrências daquela manhã, que ameaçavam burlar todos os seus planos sobre Isaura, e excogitando meios de safar-se das dificuldades em que se via empenhado.

Isaura, tendo resistido em menos de uma hora a três abordagens consecutivas, dirigidas contra o seu pudor e isenção, aturdida, cheia de susto, confusão e vergonha, correu a esconder-se entre os laranjais como lebre medrosa, que ouve ladrarem pelos prados os galgos encarniçados a seguirem-lhe a pista.[2]

Henrique, altamente indignado contra o cunhado, não lhe queria ver a cara; tomou sua espingarda e saiu disposto a passar o dia inteiro passarinhando pelos matos e a retirar-se impreterivelmente para a corte ao romper do dia seguinte.

---

1 Leôncio, ao se dirigir a Isaura, não sabia que Malvina e Henrique presenciavam a cena, e acabou por revelar seus sentimentos pela escrava e indiretamente seu caráter corrupto, o que causou dor e surpresa à esposa.

2 Mais uma imagem sugestiva da escravidão: a escrava nova e bonita é comparada à caça perseguida pelos caçadores, senhores sensuais.

Os escravos ficaram pasmos quando à hora do almoço Leôncio achou-se sozinho à mesa. Leôncio mandou chamar Malvina, mas esta, pretextando uma indisposição, não quis sair de seu quarto. Seu primeiro movimento foi um ímpeto de cólera brutal; esteve a ponto de atirar toalha, pratos, talheres e tudo pelos ares, e ir esbofetear o desassisado e insolente rapaz, que em má hora viera à sua casa para perturbar a tranquilidade do seu viver doméstico. Mas conteve-se a tempo, e, acalmando-se, entendeu que melhor era não se dar por achado e encarar com ares da maior indiferença e mesmo de desdém os arrufos da esposa, e o mau humor do cunhado. Estava bem persuadido que lhe seria difícil, se não impossível, dissimular mais aos olhos da esposa o seu torpe procedimento; incapaz, porém, de retratar-se e implorar perdão, resolveu amparar-se da tempestade, que ia despenhar-se sobre sua cabeça, com o escudo da mais cínica indiferença. Inspiravam-lhe esse alvitre o orgulho e o mau conceito em que tinha todas as mulheres, nas quais não reconhecia pundonor nem dignidade.

Depois do almoço Leôncio montou a cavalo, percorreu as roças e cafezais, coisa que bem raras vezes fazia, e ao descambar do sol voltou para casa, jantou com o maior sossego e apetite, e depois foi para o salão, onde, repoltreando-se em macio e fresco sofá, pôs-se a fumar tranquilamente o seu havana.

Nesse comenos chega Henrique de suas excursões venatórias, e, depois de procurar em vão a irmã por todos os cantos da casa, vai enfim encontrá-la encerrada em seu quarto de dormir, desfigurada, pálida, e com os olhos vermelhos e inchados de tanto chorar.

— Por onde andaste, Henrique?... Estava aflita por te ver — exclamou a moça ao avistar o irmão. — Que má moda é essa de deixar a gente assim sozinha!...

— Sozinha?!... Pois até aqui não vivias sem mim na companhia de teu belo marido?...

— Não me fales nesse homem... Eu andava iludida; agora vejo que andava pior do que sozinha, na companhia de um perverso.

— Ainda bem que presenciaste com teus próprios olhos o que eu não tinha ânimo de dizer-te. Mas, vamos! Que pretendes fazer?...

— O que pretendo?... Vais ver neste mesmo instante... Onde está ele?... Viste-o por aí?...

— Se me não engano, vi-o no salão; havia lá um vulto sobre um sofá.[1]

— Pois bem, Henrique, acompanha-me até lá.

— Por que razão não vais só? Poupa-me o desgosto de encarar aquele homem...

— Não, não; é preciso que vás comigo; estava à tua espera mesmo para esse fim. Preciso de uma pessoa que me ampare e me alente. Agora até tenho medo dele.

— Ah! Compreendo; queres que eu seja teu guarda-costas, para poderes descompor a teu jeito aquele birbante. Pois bem; presto-me de boa vontade, e veremos se o patife tem o atrevimento de te desrespeitar. Vamos!

1 Como não havia luz elétrica, a visibilidade dentro de casa ficava muito prejudicada.

Capítulo 6

— Senhor Leôncio — disse Malvina com voz alterada aproximando-se do sofá em que se achava o marido —, desejo dizer-lhe duas palavras, se isso não o incomoda.

— Estou sempre às tuas ordens, querida Malvina — respondeu levantando-se lesto e risonho, e como quem nenhum reparo fizera no tom cerimonioso com que Malvina o tratava. — Que me queres?...

— Quero dizer-lhe — exclamou a moça em tom severo, e fazendo vãos esforços para dar ao seu lindo e mavioso semblante um ar feroz —, quero dizer-lhe que o senhor me insulta e me atraiçoa em sua casa, da maneira a mais indigna e desleal...

— Santo Deus!... Que estás aí a dizer, minha querida?... Explica-te melhor, que não compreendo nem uma palavra do que dizes...

— É debalde que o senhor se finge surpreendido; bem sabe a causa do meu desgosto. Eu já devia ter pressentido esse seu vergonhoso procedimento; há muito que o senhor não é o mesmo para comigo, e me trata com tal frieza e indiferença...

— Oh! Meu coração, pois querias que durasse eternamente a lua-de-mel?... Isso seria horrivelmente monótono e prosaico.

— Ainda escarneces, infame! — bradou a moça, e dessa vez as faces se lhe afoguearam de extraordinário rubor e fuzilaram-lhe nos olhos lampejos de cólera terrível.

— Oh! Não te exasperes assim, Malvina; estou gracejando — disse Leôncio procurando tomar-lhe a mão.

— Boa ocasião para gracejos!... Deixe-me, senhor!... Que infâmia!... Que vergonha para nós ambos!...

— Mas enfim não te explicarás?

— Não tenho que explicar; o senhor bem me entende. Só tenho que exigir...

— Pois exige, Malvina.

— Dê um destino qualquer a essa escrava, a cujos pés o senhor costuma vilmente prostrar-se: liberte-a, venda-a, faça o que quiser. Ou eu ou ela havemos de abandonar para sempre esta casa; e isso hoje mesmo. Escolha entre nós.

— Hoje?!

— E já!

— És muito exigente e injusta para comigo, Malvina — disse Leôncio depois de um momento de pasmo e hesitação. — Bem sabes que é meu desejo libertar Isaura; mas acaso depende isso de mim somente? É a meu pai que compete fazer o que de mim exiges.

— Que miserável desculpa, senhor! Seu pai já lhe entregou escravos e fazenda, e dará por bem-feito tudo quanto o senhor fizer. Mas se acaso o senhor a prefere a mim...

— Malvina!... Não digas tal blasfêmia!...

— Blasfêmia!... Quem sabe!... Mas enfim dê um destino qualquer a essa rapariga, se não quer expelir-me para sempre de sua casa. Quanto a mim, não a quero mais nem um momento em meu serviço; é bonita demais para mucama.[1]

---

1 Perceba que todo afeto que Malvina demonstrou por Isaura no início da história desapareceu nesse momento.

— O que lhe dizia eu, senhor Leôncio? — acudiu Henrique, que, já cansado e envergonhado do papel de mudo guarda-costas, entendeu que devia intervir também na querela. — Está vendo?... Eis aí o fruto que se colhe desses belos trastes de luxo, que quer por força ter em seu salão...

— Esses trastes não seriam tão perigosos se não existissem vis mexeriqueiros, que não hesitam em perturbar o sossego da casa dos outros para conseguir seus fins perversos...

— Alto lá, senhor!... Para impedir que o senhor não transportasse o seu traste de luxo do salão para a alcova, percebe?...[1] O escândalo cedo ou tarde seria notório, e nenhum dever tenho eu de ver de braços cruzados minha irmã indignamente ultrajada.

— Senhor Henrique! — bradou Leôncio avançando para ele, hirto de cólera e com gesto ameaçador.

— Basta, senhores — gritou Malvina interpondo-se aos dois mancebos. — Toda a disputa por tal motivo é inútil e vergonhosa para nós todos. Eu já disse a Leôncio o que tinha de dizer; ele que se decida; faça o que entender. Se quiser ser homem de brio e pundonor, ainda é tempo. Se não, deixe-me, que eu o entregarei ao desprezo que merece.

— Oh! Malvina! Estou pronto a fazer todo o possível para te tranquilizar e contentar; mas deves saber que não posso satisfazer o teu desejo sem primeiro entender-me com meu pai, que está na corte. É preciso mais que saibas que meu pai nenhuma vontade tem de libertar Isaura, tanto assim que, para se ver livre das importunações do pai dela, que também quer a todo custo libertá-la, exigiu uma soma por tal forma exorbitante, que é quase impossível o pobre homem arranjá-la.

— Ó de casa!... Dá licença? — bradou nesse momento com voz forte e sonora uma pessoa que vinha subindo a escada do alpendre.

— Quem quer que é, pode entrar — gritou Leôncio dando graças ao céu, que tão a propósito mandava-lhe uma visita para interromper aquela importuna e detestável questão, e livrá-lo dos apuros em que se via entalado.

Entretanto, como se verá, não tinha muito de que se congratular. O visitante era Miguel, o antigo feitor da fazenda, o pai de Isaura, que havia sido outrora grosseiramente despedido pelo pai de Leôncio.

Este, que ainda o não conhecia, recebeu-o com afabilidade.

— Queira sentar-se — disse-lhe — e dizer-nos o motivo por que nos faz a honra de procurar.

— Obrigado! — disse o recém-chegado, depois de cumprimentar respeitosamente Henrique e Malvina. — Vossa senhoria sem dúvida é o senhor Leôncio?...

— Para o servir.

— Muito bem!... É com vossa senhoria que tenho de tratar na falta do senhor seu pai. O meu negócio é simples, e julgo que o posso declarar em presença aqui do senhor e da senhora, que me parecem ser pessoas de casa.

— Sem dúvida! Entre nós não há segredo, nem reservas.

1 Henrique insinua que Leôncio quer se envolver sexualmente com Isaura.

— Eis aqui ao que vim, senhor meu — disse Miguel, tirando da algibeira de seu largo sobretudo uma carteira, que apresentou a Leôncio. — Faça o favor de abrir esta carteira; aqui encontrará vossa senhoria a quantia exigida pelo senhor seu pai para a liberdade de uma escrava desta casa por nome Isaura.

Leôncio enfiou[1], e, tomando maquinalmente a carteira, ficou alguns instantes com os olhos pregados no teto.

— Pelo que vejo — disse por fim —, o senhor deve ser o pai... Aquele que dizem ser o pai da dita escrava... É o senhor... não me lembra o nome...

— Miguel, um criado de vossa senhoria.

— É verdade; o senhor Miguel. Folgo muito que tenha arranjado meios de libertar a menina; ela bem merece esse sacrifício.

Enquanto Leôncio abre a carteira, e conta e reconta mui pausadamente nota por nota o dinheiro, mais para ganhar tempo a refletir sobre o que deveria fazer naquelas conjunturas do que para verificar se estava exata a soma, aproveitemo-nos do ensejo para contemplar a figura do bom e honrado português, pai da nossa heroína, de quem ainda não nos ocupamos senão de passagem.

Era um homem de mais de cinquenta anos; em sua fisionomia nobre e aberta transpiravam a franqueza, a bonomia e a lealdade.

Trajava pobremente, mas com muito alinho e limpeza, e, por suas maneiras e conversação, conhecia-se que aquele homem não viera ao Brasil, como quase todos os seus patrícios, dominado pela ganância de riquezas. Tinha o trato e a linguagem de um homem polido e de acurada educação. De feito, Miguel era filho de uma nobre e honrada família de miguelistas[2], que havia emigrado para o Brasil. Seus pais, vítimas de perseguições políticas, morreram sem ter nada que legar ao filho, que deixaram na idade de dezoito a vinte anos. Sozinho, sem meios e sem proteção, viu-se forçado a viver do trabalho de seus braços, metendo-se a jardineiro e horticultor, mister esse que, como filho de lavrador, robusto, ativo e inteligente, desempenhava com suma perícia e perfeição.

O pai de Leôncio, tendo tido ocasião de conhecê-lo e apreciando o seu merecimento, o engajou para feitor de sua fazenda com vantajosas condições. Ali serviu muitos anos, sempre mui respeitado e querido de todos, até que lhe aconteceu a fatal, mas muito desculpável fraqueza, que sabemos, e em consequência da qual foi grosseiramente despedido por seu patrão. Miguel concebeu amargo ressentimento e mágoa profunda, não tanto por si, como por amor das duas infelizes criaturas que não podia proteger contra a sanha de um senhor perverso e brutal. Mas forçoso lhe foi resignar-se. Não lhe faltava serviço nem acolhimento pelas fazendas vizinhas. Conhecedores de seu mérito, os lavradores em redor o aceitariam de braços abertos; a dificuldade estava na escolha. Optou pelo mais vizinho, para ficar o mais perto possível de sua querida filhinha.

---

1 A palavra aqui tem o sentido de "encabular".

2 Partidários do rei dom Miguel de Portugal, filho de dom João VI.

Como o comendador quase sempre se achava na corte ou em Campos, Miguel tinha muita ocasião e facilidade de ir ver a menina, à qual cada vez ia criando mais entranhado afeto. A esposa do comendador, na ausência deste, dava ao português franca entrada em sua casa e facilitava-lhe os meios de ver e afagar a filhinha, com o que vivia ele mui consolado e contente. De feito, o céu tinha dado à sua filha, na pessoa de sua senhora, uma segunda mãe tão boa e desvelada como poderia ser a primeira, e que mais do que esta lhe podia servir de amparo e proteção. A morte inesperada daquela virtuosa senhora veio despedaçar-lhe o coração, quebrando-lhe todas as suas lisonjeiras esperanças.

Muito pode o amor paterno em uma alma nobre e sensível!... Miguel, sobrepujando todo o ódio, repugnância e asco, que lhe inspirava a pessoa do comendador, não hesitou em ir humilhar-se diante dele, importuná-lo com suas súplicas, rogar-lhe com as lágrimas nos olhos que abrisse preço à liberdade de Isaura.

— Não há dinheiro que a pague; há de ser sempre minha — respondia com orgulhoso cinismo o inexorável senhor ao infeliz e aflito pai.

Um dia enfim, para se ver livre das importunações e súplicas de Miguel, disse-lhe com mau modo:

— Homem de Deus, traga-me dentro de um ano dez contos de réis, e lhe entrego livre a sua filha e... deixe-me por caridade. Se não vier nesse prazo, perca as esperanças.

— Dez contos de réis! É soma demasiado forte para mim... Mas não importa!... Ela vale muito mais do que isso. Senhor comendador, vou fazer o impossível para trazer-lhe essa soma dentro do prazo marcado. Espero em Deus, que me há de ajudar.

O pobre homem, à força de trabalho e economia, impondo-se privações, vendendo todo o supérfluo e limitando-se ao que era estritamente necessário, no fim do ano apenas tinha arranjado metade da quantia exigida. Foi-lhe mister recorrer à generosidade de seu novo patrão, o qual, sabendo do santo e nobre fim a que se propunha seu feitor, e do vexame e extorsão de que era vítima, não hesitou em fornecer-lhe a soma necessária, a título de empréstimo ou adiantamento de salários.

Leôncio, que como seu pai julgava impossível que Miguel em um ano pudesse arranjar tão considerável soma, ficou atônito e altamente contrariado, quando este se apresentou para lha meter nas mãos.

— Dez contos — disse por fim Leôncio acabando de contar o dinheiro. — É justamente a soma exigida por meu pai. — "Bem estólido e avaro é este meu pai", murmurou ele consigo. "Eu nem por cem contos a daria." — Senhor Miguel — continuou em voz alta, entregando-lhe a carteira —, guarde por ora o seu dinheiro; Isaura não me pertence ainda; só meu pai pode dispor dela. Meu pai acha-se na corte, e não me deixou autorização alguma para tratar de semelhante negócio. Arranje-se com ele.

— Mas vossa senhoria é seu filho e herdeiro único, e bem podia por si mesmo...

— Alto lá, senhor Miguel! Meu pai felizmente é vivo ainda, e não me é permitido desde já dispor de seus bens como minha herança.

— Embora, senhor; tenha a bondade de guardar esse dinheiro e enviá-lo ao senhor seu pai, rogando-lhe da minha parte o favor de cumprir a promessa que me fez de dar liberdade a Isaura mediante essa quantia.

— Ainda pões dúvida, Leôncio?! — exclamou Malvina impaciente e indignada com as tergiversações do marido. — Escreve, escreve quanto antes a teu pai; não te podes esquivar sem desonra a cooperar para a liberdade dessa rapariga.

Leôncio, subjugado pelo olhar imperioso da mulher e pela força das circunstâncias que contra ele conspiravam, não pôde mais escusar-se. Pálido e pensativo, foi sentar-se junto a uma mesa, onde havia papel e tinta, e de pena em punho pôs-se a meditar em atitude de quem ia escrever. Malvina e Henrique, debruçados a uma janela, conversavam entre si em voz baixa. Miguel, sentado a um canto na outra extremidade da sala, esperava pacientemente, quando Isaura, que, do quintal onde se achava escondida, o tinha visto chegar, entrando no salão sem ser sentida, se lhe apresentou diante dos olhos. Entre pai e filha travou-se a meia voz o seguinte diálogo:

— Meu pai!... Que novidade o traz aqui?... A modo que lhe estou vendo um ar mais alegre que de costume.

— Caluda! — murmurou Miguel, levando o dedo à boca e apontando para Leôncio. — Trata-se da tua liberdade.

— Deveras, meu pai!... Mas como pôde arranjar isso?

— Ora como?!... A peso de ouro. Comprei-te, minha filha, e em breve vais ser minha.

— Ah! meu querido pai!... Como vossemecê é bom para sua filha!... Se soubesse quantos hoje já me vieram oferecer a liberdade!... Mas por que preço! Meu Deus!... Nem me atrevo a lhe contar. Meu coração adivinhava — continuou beijando com terna efusão as mãos de Miguel. — Eu não devia receber a liberdade senão das mãos daquele que me deu a vida!...

— Sim, querida Isaura! — disse o velho apertando-a contra o coração. — O céu nos favoreceu, e em breve vais ser minha, minha só, minha para sempre!...

— Mas ele consente?... — perguntou Isaura apontando para Leôncio.

— O negócio não é com ele, é com seu pai, a quem agora escreve.

— Nesse caso tenho alguma esperança; mas se minha sorte depender somente daquele homem, serei para sempre escrava.

"Arre! Com mil diabos!...", resmungou consigo Leôncio, levantando-se e dando sobre a mesa um furioso murro com o punho fechado. "Não sei que volta hei de dar para desmanchar essa inqualificável loucura de meu pai!"

— Já escreveste, Leôncio? — perguntou Malvina voltando-se para dentro.

Antes que Leôncio pudesse responder a esta pergunta, um pajem, entrando rapidamente pela sala, entrega-lhe uma carta tarjada de preto.

— De luto!... Meu Deus!... Que será! — exclamou Leôncio, pálido e trêmulo, abrindo a carta, e, depois de a ter percorrido rapidamente com os olhos, lançou-se sobre uma cadeira, soluçando e levando o lenço aos olhos.

— Leôncio! Leôncio!... Que tem?... — exclamou Malvina, pálida de susto; e, tomando a carta que Leôncio atirara sobre a mesa, começou a ler com voz entrecortada:

> *"Leôncio, tenho a dar-te uma dolorosa notícia, para a qual teu coração não podia estar preparado. É um golpe, pelo qual todos nós temos de passar inevitavelmente, e que deves suportar com resignação. Teu pai já não existe; sucumbiu anteontem subitamente, vítima de uma congestão cerebral..."*.[1]

Malvina não pôde continuar; e nesse momento, esquecendo-se das injúrias e de tudo que lhe havia acontecido naquele nefasto dia, lançou-se sobre seu marido, e abraçando-se com ele estreitamente, misturava suas lágrimas com as dele.

— Ah! Meu pai! Meu pai!... Tudo está perdido! — exclamou Isaura, pendendo a linda e pura fronte sobre o peito de Miguel. — Já nenhuma esperança nos resta!...

— Quem sabe, minha filha! — replicou gravemente o pai. — Não desanimemos; grande é o poder de Deus!...[2]

Capítulo 7

Na fazenda de Leôncio havia um grande salão toscamente construído, sem forro nem soalho, destinado ao trabalho das escravas que se ocupavam em fiar e tecer lã e algodão.

Os móveis desse lugar consistiam em tripeças, tamboretes, bancos, rodas de fiar, dobadouras e um grande tear colocado a um canto.

Ao longo do salão, defronte de largas janelas guarnecidas de balaústres, que davam para um vasto pátio interior, via-se postada uma fila de fiandeiras. Eram de vinte a trinta negras, crioulas e mulatas, com suas tenras crias ao colo ou pelo chão a brincarem em redor delas. Umas conversavam, outras cantarolavam para encurtar as longas horas de seu fastidioso trabalho. Viam-se ali caras de todas as idades, cores e feitios, desde a velha africana, trombuda e macilenta, até a roliça e luzidia crioula, desde a negra brunida como azeviche até a mulata quase branca.

Entre estas últimas distinguia-se uma rapariguinha, a mais faceira e gentil que se pode imaginar nesse gênero. Esbelta e flexível de corpo, tinha o rostinho mimoso, lábios um tanto grossos, mas bem-modelados, voluptuosos, úmidos e vermelhos como boninas que acabam de desabrochar em manhã de abril. Os olhos negros não eram muito grandes, mas tinham uma viveza e travessura encantadoras. Os cabelos negros e anelados podiam estar bem na cabeça da mais branca fidalga de além-mar. Ela, porém, os trazia curtos e mui bem frisados à maneira dos homens. Isto, longe de tirar-lhe a graça,

1 Note que tudo na história conspira contra a sorte de Isaura, confirmando-a no papel de vítima.

2 O corte do capítulo, deixando o leitor em suspense, era uma técnica folhetinesca, muito usada na época.

dava à sua fisionomia zombeteira e espevitada um chiste original e encantador. Se não fossem os brinquinhos de ouro, que lhe tremiam nas pequenas e bem-molduradas orelhas, e os túrgidos e ofegantes seios que como dois trêfegos cabritinhos lhe pulavam por baixo de transparente camisa, tomá-la-íeis por um rapazote maroto e petulante. Veremos em breve de que ralé era esta criança, que tinha o bonito nome de Rosa.

No meio do sussurro das rodas que giravam, das monótonas cantarolas das fiandeiras, do compassado estrépito do tear, que trabalhava incessantemente, dos guinchos e alaridos das crianças, quem prestasse atento ouvido, escutaria a seguinte conversação, travada timidamente e a meia voz em um grupo de fiandeiras, entre as quais se achava Rosa.

— Minhas camaradas — dizia a suas vizinhas uma crioula idosa, matreira e sabida em todos os mistérios da casa desde os tempos dos senhores velhos —, agora que sinhô velho morreu e que sinhá Malvina foi-se embora para a casa de seu pai dela é que nós vamos ver o que é rigor de cativeiro.

— Como assim, tia Joaquina?!...

— Como assim!... vocês verão. Vocês bem sabem que sinhô velho não era de brinquedo; pois sim; lá diz o ditado: atrás de mim virá quem bom me fará. Este sinhô moço Leôncio... Hum!... Deus queira que me engane... Quer-me parecer que vai-nos fazer ficar com saudade do tempo de sinhô velho...

— Cruz! Ave-Maria!... não fala assim, tia Joaquina!... Então é melhor matar a gente de uma vez...

— Esse não quer saber de fiados nem de tecidos, não; e daqui a pouco nós tudo vai pra roça puxar enxada de sol a sol, ou pra o cafezal apanhar café, e o piraí[1] do feitor aí rente atrás de nós. Vocês verão. Ele o que quer é café, e mais café, que é o que dá dinheiro.

— Também, a dizer a verdade, não sei o que será melhor — observou outra escrava —, se estar na roça trabalhando de enxada, ou aqui pregada na roda, desde que amanhece até nove, dez horas da noite. Quer me parecer que lá ao menos a gente fica mais à vontade.

— Mais à vontade?!... Que esperança! — exclamou uma terceira. — Antes, aqui, mil vezes! Aqui ao menos a gente sempre está livre do maldito feitor.

— Qual, minha gente! — ponderou a velha crioula. — Tudo é cativeiro. Quem teve a desgraça de nascer cativo de um mau senhor, dê por aqui, dê por acolá, há de penar sempre. Cativeiro é má sina; não foi Deus que botou no mundo semelhante coisa, não; foi invenção do diabo. Não vê o que aconteceu com a pobre Juliana, mãe de Isaura?

— Por falar nisso — atalhou uma das fiandeiras —, o que fica fazendo agora a Isaura?... Enquanto sinhá Malvina estava aí, ela andava de estadão na sala, agora...

— Agora fica fazendo as vezes de sinhá Malvina — acudiu Rosa com seu sorriso maligno e zombeteiro.

1 Chibata, açoite.

— Cala a boca, menina! — bradou com voz severa a velha crioula. — Deixa dessas falas. Coitada da Isaura. Deus te livre a você de estar na pele daquela pobrezinha! Se vocês soubessem quanto penou a pobre da mãe dela! Ah! Aquele sinhô velho foi um home judeu[1] mesmo, Deus te perdoe. Agora com Isaura e sinhô Leôncio a coisa vai tomando o mesmo rumo. Juliana era uma mulata bonita e sacudida; era da cor desta Rosa, mas inda mais bonita e mais bem-feita...

Rosa deu um muxoxo e fez um momo[2] desdenhoso.

— Mas isso mesmo foi a perdição dela, coitada! — continuou a crioula velha. — O ponto foi sinhô velho gostar dela... Eu já contei a vocês o que é que aconteceu. Juliana era uma rapariga de brio, e por isso teve de penar, até morrer. Nesse tempo o feitor era esse siô Miguel, que anda aí, e que é pai de Isaura. Isso é que era feitor bom!... Todo mundo queria ele bem, e tudo andava direito. Mas esse siô Francisco, que aí anda agora, cruz nele!... É a pior peste que tem botado os pés nesta casa. Mas, como ia dizendo, o siô Miguel gostava muito de Juliana, e trabalhou, trabalhou até ajuntar dinheiro para forrar[3] ela. Mas nhonhô não esteve por isso, ficou muito zangado, e tocou o feitor para fora. Também Juliana pouco durou; piraí e serviço deu co'ela na cova em pouco tempo. Ficou aí a pobre menina ainda de mama, e se não fosse sinhá velha, que era uma santa mulher, Deus sabe o que seria dela!... Também, coitada!... Antes Deus a tivesse levado!...

— Por quê, tia Joaquina?...

— Porque está me parecendo que ela vai ter a mesma sina da mãe...

— E o que mais merece aquela impostora? — murmurou a invejosa e malévola Rosa. — Pensa que por estar servindo na sala é melhor do que as outras, e não faz caso de ninguém. Deu agora em namorar os moços brancos, e, como o pai diz que há de forrar ela, pensa que é uma grande senhora. Pobre do senhor Miguel!... Não tem onde cair morto, e há de ter para forrar a filha!

— Que má língua é essa Rosa! — murmurou enfadada a velha crioula, relanceando um olhar de repreensão sobre a mulata. — Que mal te fez a pobre Isaura, aquela pomba sem fel, que com ser o que é, bonita e civilizada como qualquer moça branca, não é capaz de fazer pouco-caso de ninguém?... Se você se pilhasse no lugar dela, pachola e atrevida como és, havias de ser mil vezes pior.[4]

Rosa mordeu os beiços de despeito e ia responder com todo o atrevimento e desgarre, que lhe era próprio, quando uma voz áspera e atroadora, que, partindo da porta do salão, retumbou por todo ele, veio pôr termo à conversação das fiandeiras.

— Silêncio! — bradava aquela voz. — Arre! Que tagarelice!... Parece que aqui só se trabalha de língua!...

---

1 A palavra aqui tem o sentido de "mau", "avarento".

2 Gesto.

3 O mesmo que "alforriar", "dar alforria".

4 Há intenção do narrador de comparar as duas escravas, mostrando que o elemento que as difere é o caráter.

Um homem espadaúdo e quadrado, de barba espessa e negra, de fisionomia dura e ...siva, apresenta-se à porta do salão e vai entrando. Era o feitor. Acompanhava-o um mulato ainda novo, esbelto e aperaltado, trajando uma bonita libré de pajem e conduzindo uma roda de fiar. Logo após eles entrou Isaura.

As escravas todas levantaram-se e tomaram a bênção ao feitor. Este mandou colocar a roda em um espaço desocupado que, infelizmente para Isaura, ficava ao pé de Rosa.

— Anda cá, rapariga — disse o feitor voltando-se para Isaura. — De hoje em diante é aqui o teu lugar; esta roda te pertence, e tuas parceiras que te deem tarefa para hoje. Bem vejo que te não há de agradar muito a mudança;[1] mas que volta se lhe há de dar?... Teu senhor assim o quer. Anda lá; olha que isto não é piano, não; é acabar depressa com a tarefa para pegar em outra. Pouca conversa e muito trabalhar...

Sem se mostrar contrariada nem humilhada com a nova ocupação que lhe davam, Isaura foi sentar-se junto à roda e pôs-se a prepará-la para dar começo ao trabalho. Posto que criada na sala e empregada quase sempre em trabalhos delicados, todavia era ela hábil em todo o gênero de serviço doméstico: sabia fiar, tecer, lavar, engomar e cozinhar tão bem ou melhor do que qualquer outra. Foi, pois, colocar-se com toda a satisfação e desembaraço entre as suas parceiras; apenas notava-se no sorriso, que lhe adejava nos lábios, certa expressão de melancólica resignação; mas isso era o reflexo das inquietações e angústias que lhe oprimiam o coração, que não desgosto por se ver degradada ao posto que ocupara toda sua vida junto de suas senhoras. Cônscia de sua condição, Isaura procurava ser humilde como qualquer outra escrava, porque, a despeito de sua rara beleza e dos dotes de seu espírito, os fumos da vaidade não lhe intumesciam o coração nem turvavam-lhe a luz de seu natural bom senso. Não obstante, porém, toda essa modéstia e humildade, transluzia-lhe, mesmo a despeito dela, no olhar, na linguagem e nas maneiras, certa dignidade e orgulho nativo, proveniente talvez da consciência de sua superioridade, e ela sem o querer sobressaía entre as outras, bela e donosa, pela correção e nobreza dos traços fisionômicos e por certa distinção nos gestos e ademanes. Ninguém diria que era uma escrava que trabalhava entre as companheiras, e a tomaria antes por uma senhora moça que, por desenfado, fiava entre as escravas. Parecia a garça-real, alçando o colo garboso e altaneiro, entre uma chusma de pássaros vulgares.[2]

As outras escravas a contemplavam todas com certo interesse e comiseração, porque de todas era querida, menos de Rosa, que lhe tinha inveja e aversão mortal. Em duas palavras o leitor ficará inteirado do motivo dessa malevolência de Rosa. Não era só pura inveja; havia aí alguma coisa de mais positivo, que convertia essa inveja em ódio mortal. Rosa

---

1 Para Isaura, como para qualquer escrava de fazenda, havia três possibilidades de trabalho: o doméstico leve, o doméstico pesado (fiar, por exemplo) e o da roça (bem mais pesado e temido).

2 A comparação reforça que Isaura é superior em tudo às escravas, por isso mesmo não seria digna da escravidão.

havia sido de há muito amásia de Leôncio,[1] para quem fora fácil conquista, que não lhe custou nem rogos nem ameaças. Desde que, porém, inclinou-se a Isaura, Rosa ficou inteiramente abandonada e esquecida. A gentil mulatinha sentiu-se cruelmente ferida em seu coração com esse desdém, e, como era maligna e vingativa, não podendo vingar-se de seu senhor, jurou descarregar todo o peso de seu rancor sobre a pessoa de sua infeliz rival.

— Um raio que te parta, maldito! — Má lepra te consuma, coisa ruim! — Uma cascavel que te morda a língua, cão danado! — Estas e outras pragas vomitavam as escravas resmungando entre si contra o feitor, apenas este voltou-lhes as costas. O feitor é o ente mais detestado entre os escravos; um carrasco não carrega com tantos ódios. É abominado mais do que o senhor cruel, que o muniu do azorrague desapiedado para açoitá-los e acabrunhá-los de trabalhos. É assim que o paciente se esquece do juiz, que lavrou a sentença, para revoltar-se contra o algoz, que a executa.

Como já dissemos, coube em sorte a Isaura sentar-se perto de Rosa. Esta assestou logo contra sua infeliz companheira a sua bateria de ditérios e remoques sarcásticos e irritantes.

— Tenho bastante pena de você, Isaura — disse Rosa para dar começo às operações.

— Deveras! — respondeu Isaura, disposta a opor às provocações de Rosa toda a sua natural brandura e paciência. — Pois por quê, Rosa?...

— Pois não é duro mudar-se da sala para a senzala, trocar o sofá de damasco por esse cepo, o piano e a almofada de cetim por essa roda? Por que te enxotaram de lá, Isaura?

— Ninguém me enxotou, Rosa; você bem sabe. Sinhá Malvina foi-se embora em companhia de seu irmão para a casa do pai dela. Portanto nada tenho que fazer na sala, e é por isso que venho aqui trabalhar com vocês.

— E por que é que ela não te levou, você, que era o ai-jesus dela?... Ah! Isaura, você cuida que me embaça, mas está muito enganada; eu sei de tudo. Você estava ficando muito aperaltada, e por isso veio para aqui para conhecer o seu lugar.

— Como és maliciosa! — replicou Isaura sorrindo tristemente, mas sem se alterar. — Pensas então que eu andava muito contente e cheia de mim por estar lá na sala no meio dos brancos?... Como te enganas!... Se me não perseguires com a tua má língua, como principias a fazer, creio que hei de ficar mais satisfeita e sossegada aqui.

— Nessa não creio eu; como é que você pode ficar satisfeita aqui, se não acha moços para namorar?

— Rosa, que mal te fiz eu, para estares assim a amofinar-me com essas falas?...

— Olhe a sinhá, não se zangue!... Perdão, dona Isaura; eu pensei que a senhora tinha esquecido os seus melindres lá no salão.

— Podes dizer o que quiseres, Rosa; mas eu bem sei que, na sala ou na cozinha, eu não sou mais do que uma escrava como tu. Também deves te lembrar que, se hoje te achas aqui, amanhã sabe Deus onde estarás. Trabalhemos, que é nossa obrigação, deixemos dessas conversas que não têm graça nenhuma.

---

1 Era comum os senhores possuírem sexualmente suas escravas.

Nesse momento ouvem-se as badaladas de uma sineta; eram três para quatro horas da tarde; a sineta chamava os escravos a jantar. As escravas suspendem seus trabalhos e levantam-se; Isaura, porém, não se move, e continua a fiar.

— Então? — diz-lhe Rosa com o seu ar escarninho. — Você não ouve, Isaura? São horas; vamos ao feijão.

— Não, Rosa; deixem-me ficar aqui; não tenho fome nenhuma. Fico adiantando minha tarefa, que principiei muito tarde.

— Tem razão; também uma rapariga civilizada e mimosa como você não deve comer do caldeirão dos escravos. Quer que te mande um caldinho, um chocolate?...

— Cala essa boca, tagarela! — bradou a crioula velha, que parecia ser a priora daquele rancho de fiandeiras. — Forte linguinha de víbora!... Deixa a outra sossegar. Vamos, minha gente.

As escravas retiraram-se todas do salão, ficando só Isaura, entregue ao seu trabalho e mais ainda às suas tristes e inquietadoras reflexões. O fio se estendia como que maquinalmente entre seus dedos mimosos, enquanto o pezinho nu e delicado, abandonando o tamanquinho de marroquim, pousava sobre o pedal da roda, a que dava automático impulso. A fronte lhe pendia para um lado como açucena esmorecida e as pálpebras meio cerradas eram como véus melancólicos, que encobriam um pego insondável de tristura e desconforto. Estava deslumbrante de beleza naquela encantadora e singela atitude.

"Ah! Meu Deus!", pensava ela. "Nem aqui posso achar um pouco de sossego!... Em toda parte juraram martirizar-me!... Na sala, os brancos me perseguem e armam mil intrigas e enredos para me atormentar. Aqui, onde entre minhas parceiras, que parecem me querer bem, esperava ficar mais tranquila, há uma que, por inveja ou seja lá pelo que for, me olha de revés e só trata de achincalhar-me. Meu Deus! Meu Deus!... Já que tive a desgraça de nascer cativa, não era melhor que tivesse nascido bruta e disforme, como a mais vil das negras, do que ter recebido do céu esses dotes, que só servem para amargurar-me a existência?"

Isaura não teve muito tempo para dar larga expansão às suas angustiosas reflexões. Ouviu rumor na porta, e levantando os olhos viu que alguém se encaminhava para ela.

"Ai! Meu Deus!", murmurou consigo. "Aí temos nova importunação! Nem ao menos me deixam ficar sozinha um instante."

Quem entrara era, sem mais nem menos, o pajem[1] André, que já vimos em companhia do feitor e que, mui ancho, empertigado e petulante, se foi colocar defronte de Isaura.

— Boa tarde, linda Isaura. Então, como vai essa flor? — saudou o pachola do pajem com toda a faceirice.

— Bem — respondeu secamente Isaura.

— Estás amuada?... Tens razão, mas é preciso ir se acomodando com este novo modo de vida. Deveras que para quem estava acostumada lá na sala, no meio de sedas e flores e águas-de-cheiro, há de ser bem triste ficar aqui metida entre estas paredes enfumaçadas que só tresandam a sarro de pito e morrão de candeia.

---

1 Escravo doméstico, que acompanhava o senhor na rua, carregando-lhe os pertences.

— Também tu, André, vens por tua vez aproveitar-te da ocasião para me atirar lama na cara?...

— Não, não, Isaura; Deus me livre de te ofender; pelo contrário, dói-me deveras dentro do coração ver aqui misturada com essa corja de negras beiçudas e catinguentas uma rapariga como tu, que só merece pisar em tapetes e deitar em colchões de damasco. Esse senhor Leôncio tem mesmo um coração de fera.[1]

— E que te importa isso? Eu estou bem satisfeita aqui.

— Qual!... Não acredito; não é aqui teu lugar. Mas também por outra banda estimo bem isso.

— Por quê?

— Porque, enfim, Isaura, a falar-te a verdade, gosto muito de você, e aqui ao menos podemos conversar mais em liberdade...

— Deveras!... Declaro-te desde já que não estou disposta a ouvir tuas liberdades.

— Ah! É assim! — exclamou André todo enfunado com este brusco desengano. — Então a *senhora*[2] quer só ouvir as finezas dos moços bonitos lá na sala!... Pois olha, minha camarada, isso nem sempre pode ser, e cá da nossa laia não és capaz de encontrar rapaz de melhor figura do que este seu criado. Ando sempre engravatado, enluvado, calçado, engomado, agaloado, perfumado, e o que mais é — acrescentou batendo com a mão na algibeira —, com as algibeiras sempre a tinir. A Rosa, que também é uma rapariguinha bem bonita, bebe os ares por mim; mas coitada!... O que é ela ao pé de você?... Enfim, Isaura, se você soubesse quanto bem te quero, não havias de fazer tão pouco-caso de mim. Se tu quisesses, olha... Escuta.

E dizendo isto o maroto do pajem, avizinhando-se de Isaura, foi lhe lançando desembaraçadamente o braço em torno do colo, como quem queria falar-lhe em segredo, ou talvez furtar-lhe um beijo.

— Alto lá! — exclamou Isaura repelindo-o com enfado. — Está ficando bastante adiantado e atrevido. Retire-se daqui, se não irei dizer tudo ao senhor Leôncio.

— Oh! Perdoa, Isaura; não há motivo para você se arrufar assim. És muito má para quem nunca te ofendeu e te quer tanto bem. Mas deixa estar, que o tempo há de te amaciar esse coraçãozinho de pedra. Adeus; eu já me vou embora; mas olha lá, Isaura: pelo amor de Deus, não vá dizer nada a ninguém. Deus me livre que sinhô moço saiba do que aqui se passou; era capaz de me enforcar. O que vale — continuou André consigo e retirando-se —, o que vale é que neste negócio parece-me que ele anda tão adiantado como eu.

Pobre Isaura! Sempre e em toda parte essa contínua importunação de senhores e de escravos, que não a deixam sossegar um só momento! Como não devia viver aflito e atribulado aquele coração! Dentro de casa contava ela quatro inimigos, cada qual mais porfiado em roubar-lhe a paz da alma e torturar-lhe o coração: três amantes, Leôncio, Belchior e André, e uma êmula terrível e desapiedada, Rosa. Fácil lhe fora repelir as importunações e insolências dos escravos e criados; mas que seria dela quando viesse o senhor?!...

---

1 Aqui o autor projeta uma imagem depreciativa dos escravos, revelando que o romance é a favor de Isaura e não contra a escravidão.

2 Note o uso irônico do termo para qualificar Isaura, uma escrava que parece senhora.

De feito, poucos instantes depois, Leôncio, acompanhado pelo feitor, entrava no salão das fiandeiras. Isaura, que um momento suspendera o seu trabalho e com o rosto escondido entre as mãos se embevecia em amargas reflexões, não se apercebera da presença deles.

— Onde estão as raparigas que aqui costumam trabalhar?... — perguntou Leôncio ao feitor, ao entrar no salão.

— Foram jantar, senhor; mas não tardarão a voltar.

"Mas uma cá se deixou ficar... Ah! É a Isaura... Ainda bem!", refletiu consigo Leôncio. "A ocasião não pode ser mais favorável; tentemos os últimos esforços para seduzir aquela empedernida criatura."

— Logo que acabem de comer — continuou ele dirigindo-se ao feitor —, leve-as para a colheita do café. Há muito que eu pretendia recomendar-lhe isto e tenho-me esquecido. Não as quero aqui mais nem um instante; isto é um lugar de vadiação, em que perdem o tempo sem proveito algum, em contínuas palestras. Não faltam por aí tecidos de algodão para se comprar.

Mal o feitor se retirou, Leôncio dirigiu-se para junto de Isaura.

— Isaura! — murmurou com voz meiga e comovida.

— Senhor! — respondeu a escrava, erguendo-se sobressaltada; depois murmurou tristemente dentro d'alma: "Meu Deus! É ele!... É chegada a hora do suplício".[1]

Capítulo 8

Agora nos é indispensável abandonar por alguns instantes Isaura, em sua penível situação diante de seu dissoluto e bárbaro senhor, para informarmos o leitor sobre o que ocorrera no seio daquela pequena família e em que pé ficaram os negócios da casa depois que a notícia da morte do comendador, estalando como uma bomba no meio das intrigas domésticas, veio dar-lhes dolorosa diversão no momento em que elas, refervendo no mais alto grau de ebulição, reclamavam forçosamente um desenlace qualquer.

Aquela morte não podia senão prolongar tão melindrosa e deplorável situação, pondo nas mãos de Leôncio toda a fortuna paterna e desatando as últimas peias que ainda o tolhiam na expansão de seus abomináveis instintos.

Leôncio e Malvina estiveram de nojo[2] encerrados em casa por alguns dias, durante os quais parece que deram tréguas aos arrufos e despeitos recíprocos. Henrique, que queria absolutamente partir no dia seguinte, cedendo enfim aos rogos e instâncias de Malvina, consentiu em ficar-lhe fazendo companhia durante os dias de nojo.

— Conforme for o procedimento de meu marido — disse-lhe ela —, iremos juntos. Se por estes dias não der liberdade e um destino qualquer a Isaura, não ficarei mais nem um momento em sua casa.

Leôncio, encerrado em seu quarto, a ninguém falou nem apareceu durante alguns dias, e parecia mergulhado no mais inconsolável e profundo pesar. Entretanto não era

1 Aqui, novamente o uso do corte de capítulo para criar suspense.
2 O mesmo que "luto".

assim. É verdade que Leôncio não deixou de sofrer certo choque, certa surpresa, que não golpe doloroso, com a notícia do falecimento de seu pai; mas no fundo da alma — força é dizê-lo —, passado o primeiro momento de abalo e consternação, chegou até a estimar aquele acontecimento, que tanto a propósito vinha livrá-lo dos apuros em que se achava enleado em face de Malvina e de Miguel. Portanto, durante a sua reclusão, em vez de entregar-se à dor que lhe deveria causar tão sensível golpe, Leôncio, que por maneira nenhuma podia resignar-se a desfazer-se de Isaura, só meditava os meios de safar-se das dificuldades em que se achava envolvido e urdia planos para assegurar-se da posse da gentil cativa. As dificuldades eram grandes e constituíam um nó, que poderia ser cortado, mas nunca desatado. Leôncio havia reconhecido a promessa que seu pai fizera a Miguel, de alforriar Isaura mediante a soma enorme de dez contos de réis. Miguel tinha pronta essa quantia e lha tinha vindo meter nas mãos, reclamando a liberdade de sua filha. Leôncio reconhecia também, e nem podia contestar, que sempre fora voto de sua falecida mãe deixar livre Isaura por sua morte. Por outro lado Malvina, sabedora de sua paixão e de seus sinistros intentos sobre a cativa, justamente irritada, exigia com império a imediata alforria da mesma. Não restava ao mancebo meio algum de se tirar decentemente de tantas dificuldades senão libertando Isaura. Mas Leôncio não podia se conformar com semelhante ideia. O violento e cego amor que Isaura lhe havia inspirado o incitava a saltar por cima de todos os obstáculos, a arrostar todas as leis do decoro e da honestidade, a esmagar sem piedade o coração de sua meiga e carinhosa esposa, para obter a satisfação de seus frenéticos desejos. Resolveu pois cortar o nó, usando de sua prepotência, e, protelando indefinidamente o cumprimento de seu dever, assentou de afrontar com cínica indiferença e brutal sobranceria as justas exigências e exprobrações de Malvina.

Quando esta, depois de deixar passar alguns dias em respeito à dor de que julgava seu marido acabrunhado, lhe tocou naquele melindroso negócio...

— Temos tempo, Malvina — respondeu-lhe o marido com toda a calma. — É-me preciso em primeiro lugar dar balanço e fazer o inventário da casa de meu pai. Tenho de ir à corte arrecadar os seus papéis e tomar conhecimento do estado de seus negócios. Na volta e com mais vagar trataremos de Isaura.

Ao ouvir esta resposta, o rosto de Malvina cobriu-se de palidez mortal; ela sentiu esfriar-se-lhe o coração apertado entre as mãos geladas do mais pungente dissabor, como se ali se esmoronasse de repente todo o sonhado castelo de suas venturas conjugais. Ela esperava que o marido, fulminado por tão doloroso golpe naqueles dias de amarga meditação e abatimento, retraindo-se no santuário da consciência, reconhecesse seus erros e desvarios, implorasse o perdão deles e se propusesse a entrar nas sendas do dever e da honestidade. As frias desculpas e fúteis evasivas do marido vieram submergi-la de chofre no mais amargo e profundo desalento.

— Como?! — exclamou ela com um acento que exprimia a um tempo altiva indignação e o mais entranhado desgosto. — Pois ainda hesitas em cumprir tão sagrado dever?... Se tivesses alma, Leôncio, terias considerado Isaura como tua irmã, pois bem sabes que tua mãe a amava e idolatrava como a uma filha querida, e que era seu mais ardente desejo libertá-la por sua morte e deixar-lhe um legado considerável, que lhe assegurasse o futuro. Sabes também que teu pai havia feito promessa solene ao pai de Isaura de dar-lhe alforria pela quantia de dez contos de réis, e Miguel já te veio pôr nas mãos essa exorbitante quantia. Sabes tudo isto, e ainda vens com dúvidas e demoras!... Oh! Isto é muito!... Não vejo motivo nenhum para demorar o cumprimento de um dever de que há muito tempo já devias ter-te desempenhado.

— Mas para que semelhante pressa?... Não me dirás, Malvina? — replicou Leôncio com a maior brandura e tranquilidade. — De que proveito pode ser agora a liberdade para Isaura? Porventura não está ela aqui bem? É maltratada?... Sofre alguma privação?... Não continua a ser considerada antes como uma filha da família do que como uma escrava? Queres que desde já a soltemos à toa por este mundo?...[1] Assim decerto não cumpriremos o desejo de minha mãe, que tão solícita se mostrava pela sorte futura de Isaura. Não, minha Malvina; não devemos por ora entregar Isaura a si mesma. É preciso primeiro assegurar-lhe uma posição decente, honesta e digna de sua beleza e educação, procurando-lhe um bom marido, e isso não se arranja assim de um dia para outro.

— Que miserável desculpa, meu amigo!... Isaura por ora não precisa de marido para protegê-la; tem o pai, que é homem muito de bem e acaba de dar provas de quanto adora sua filha. Entreguemo-la ao senhor Miguel, que ficará em muito boas mãos e debaixo de muito boa sombra.

— Pobre do senhor Miguel! — replicou Leôncio com sorriso desdenhoso. — Terá bons desejos, não duvido; mas onde estão os meios, de que dispõe, para fazer a felicidade de Isaura, principalmente agora em que decerto empenhou os cabelos da cabeça para arranjar a alforria da filha, se é que isso não proveio de esmolas que lhe fizeram, como me parece mais certo.

Por única resposta Malvina abanou tristemente a cabeça e suspirou. Todavia quis ainda acreditar na sinceridade das palavras de seu marido, fingiu-se satisfeita e retirou-se sem dar mostras de agastamento. Não podia, porém, prolongar por mais tempo aquela situação para ela tão humilhante, tão cheia de ansiedade e desgosto, e no outro dia insistiu ainda com mais força sobre o mesmo objeto. Teve em resposta as mesmas evasivas e moratórias. Leôncio afetava mesmo tratar desse negócio com certa indiferença desdenhosa, como quem estava definitivamente resolvido a fazer o que quisesse. Malvina dessa vez não pôde conter-se e rompeu com seu marido. Este, como já friamente havia deliberado, aparou os raios da cólera feminina no escudo de uma impudência cínica e galhofeira, o que levou ao último grau de exacerbação a cólera e o despeito de Malvina.

No outro dia Malvina, sem dar satisfação alguma a quem quer que fosse, deixava precipitadamente a casa de Leôncio e partia em companhia de seu irmão Henrique a caminho do Rio de Janeiro, jurando, no auge da indignação, nunca mais pôr os pés naquela casa, onde era tão vilmente ultrajada, e varrer para sempre da lembrança a imagem de seu desleal e devasso marido.[2] No assomo do despeito não calculava se teria forças bastantes

---

1 Aqui o autor apresenta um dos argumentos mais frequentes dos escravistas: a incapacidade de o escravo lidar com a própria liberdade.

2 A separação não significa de forma alguma o fim do casamento; para todos os efeitos, Malvina e Leôncio serão sempre casados.

para levar a efeito aqueles frenéticos juramentos, inspirados pela febre do ciúme e da indignação; ignorava que nas almas tenras e bondosas como a sua o ódio se desvanece muito mais depressa do que o amor; e o amor que Malvina consagrava a Leôncio, a despeito de seus desmandos e devassidões, era muito mais forte do que o seu ressentimento, por mais justo que este fosse.

Leôncio, por seu lado, levando por diante o seu plano de opor aos assomos da esposa a mais inerte e cínica indiferença, viu de braços cruzados e sem fazer a mínima observação os preparativos daquela rápida viagem, e, recostado ao alpendre, fumando indolentemente o seu charuto, assistiu à partida de sua mulher como se fora o mais indiferente dos hóspedes.

Entretanto essa indiferença de Leôncio nada tinha de natural e sincera; não que ele sentisse pesar algum pela brusca partida de sua mulher; pelo contrário, era júbilo que sentia com a realização daquela caprichosa resolução de Malvina, que assim lhe abandonava o campo inteiramente livre de embaraços para prosseguir em seus nefandos projetos sobre a infeliz Isaura. Com aquele fingido pouco-caso, conseguia disfarçar o prazer e a satisfação em que lhe transbordava o coração; e, como era aforismo adotado e sempre posto em prática por ele, posto que em circunstâncias menos graves, que contra as cóleras e caprichos femininos não há arma mais poderosa do que muito sangue-frio e pouco-caso, Malvina não pôde descobrir no fundo daquela afetada indiferença o júbilo intenso em que nadava a alma de seu marido.

O que era feito porém da nobre e infeliz Isaura durante esses longos dias de luto, de consternação, de ansiedade e dissabores?

Desde que ouviu a leitura da carta, em que se noticiava a morte do comendador, Isaura perdeu todas as lisonjeiras esperanças que um momento antes Miguel fizera desabrochar em seu coração. Transida de horror, compreendeu que um destino implacável a entregava vítima indefesa entre as mãos de seu tenaz e desalmado perseguidor. Sabedora da miseranda sorte de sua mãe, não encontrava em sua imaginação abalada outro remédio a tão cruel situação senão resignar-se e preparar-se para o mais atroz dos martírios. Um cruel desalento, um pavor mortal apoderou-se de seu espírito, e a infeliz, pálida, desfeita e como que alucinada, ora vagava à toa pelos campos, ora escondida nas mais espessas moitas do pomar, ou nos mais sombrios recantos das alcovas, passava horas e horas entre sustos e angústias, como a tímida lebre, que vê pairando no céu a asa sinistra do gavião de garras sangrentas. Quem poderia ampará-la? Onde poderia encontrar proteção contra as tirânicas vontades de seu libertino e execrável senhor? Só duas pessoas poderiam ter por ela comiseração e interesse: seu pai e Malvina. Seu pai, obscuro e pobre feitor, não tendo ingresso em casa de Leôncio e só podendo comunicar-se com ela a custo e furtivamente, em pouco ou nada podia valer-lhe. Malvina, que sempre a havia tratado com tanta bondade e carinho, ai! A própria Malvina, depois da cena escandalosa em que colhera seu marido dirigindo a Isaura palavras enternecidas, começou a olhá-la com certa desconfiança e afastamento, terrível efeito do ciúme, que torna injustas e rancorosas as almas ainda as mais cândidas e benevolentes. A senhora, com o correr dos dias, tornava-se cada vez menos tratável e benigna para com a escrava, que antes havia tratado com carinho e intimidade quase fraternal.

Malvina era boa e confiante, e nunca teria duvidado da inocência de Isaura se não fosse Rosa, sua terrível êmula e figadal inimiga. Depois do desaguisado, de que Isaura foi causa inocente, Rosa ficou sendo a mucama ou criada da câmara de Malvina, e esta às vezes desabafava em presença da maligna mulata os ciúmes e desgostos que lhe ferviam e transvazavam do coração.

— Sinhá está se fiando muito naquela sonsa... — dizia-lhe a maliciosa rapariga. — Pois fique certa de que não são de hoje esses namoricos; há muito tempo que eu estou vendo essa impostora, que diante da sinhá se faz toda simplória, andar-se derretendo diante de sinhô moço. Ela mesma é que tem a culpa de ele andar assim com a cabeça virada.

Esses e outros quejandos enredos, que Rosa sabia habilmente insinuar nos ouvidos de sua senhora, eram bastantes para desvairar o espírito de uma cândida e inexperiente moça como Malvina, e foram produzindo o resultado que desejava a perversa mulatinha.

Acabrunhada com aquele novo infortúnio, Isaura fez algumas tentativas para achegar-se de sua senhora e saber o motivo por que lhe retirava a afeição e confiança, que sempre lhe mostrara, e a fim de poder manifestar sua inocência. Mas era recebida com tal frieza e altivez, que a infeliz recuava espavorida para de novo ir mergulhar-se mais fundo ainda no pego de suas angústias e desalentos.

Todavia, enquanto Malvina se conservava em casa, era sempre uma salvaguarda, uma sombra protetora, que amparava Isaura contra as importunações e brutais tentativas de Leôncio. Por menor que fosse o respeito que lhe tinha o marido, ela não deixava de ser um poderoso estorvo ao menos contra os atos de violência que quisesse pôr em prática para conseguir seus execrandos fins. Isaura ponderava isso tudo, e é custoso fazer-se ideia do estado de terror e desfalecimento em que ficou aquela pobre alma quando viu partir sua senhora, deixando-a inteiramente ao desamparo, entregue sem defesa aos insanos e bárbaros caprichos daquele que era seu senhor, amante e algoz ao mesmo tempo.

De feito, Leôncio mal viu sumir-se a esposa por trás da última colina, não podendo conter mais a expansão de seu satânico júbilo, tratou logo de pôr o tempo em proveito e pôs-se a percorrer toda a casa em procura de Isaura. Foi enfim dar com ela no escuro recanto de uma alcova, estendida por terra, quase exânime, banhada em pranto e arrancando do peito soluços convulsivos.

Poupemos ao leitor a narração da cena vergonhosa que aí se deu. Contentemo-nos com dizer que Leôncio esgotou todos os meios brandos e suasivos ao seu alcance para convencer a rapariga que era do interesse e dever dela render-se a seus desejos. Fez as mais esplêndidas promessas e os mais solenes protestos; abaixou-se até as mais humildes súplicas e arrastou-se vilmente aos pés da escrava, de cuja boca não ouviu senão palavras amargas e terríveis exprobrações; e, vendo enfim que eram infrutíferos todos esses meios, retirou-se cheio de cólera, vomitando as mais tremendas ameaças.

Para dar a essas ameaças começo de execução, nesse mesmo dia mandou pô-la trabalhando entre as fiandeiras, onde a deixamos no capítulo antecedente. Dali teria de ser levada para a roça, da roça para o tronco, do tronco para o pelourinho, e deste certamente para o túmulo, se teimasse em sua resistência às ordens de seu senhor.

Capítulo 9

Leôncio impaciente e com o coração ardendo nas chamas de uma paixão febril e delirante não podia resignar-se a adiar por mais tempo a satisfação de seus libidinosos desejos. Vagando daqui para ali por toda a casa como quem dava ordens para reformar o serviço doméstico, que daí em diante ia correr todo por sua conta, não fazia mais do que espreitar todos os movimentos de Isaura, procurando ocasião de achá-la a sós para insistir de novo e com mais força em suas abomináveis pretensões. De uma janela viu as escravas fiandeiras atravessarem o pátio para irem jantar e notou a ausência de Isaura.

— Bom!... Vai tudo às mil maravilhas — murmurou Leôncio com satisfação; nesse momento passava-lhe pela mente a feliz lembrança de mandar o feitor levar as outras escravas para o cafezal, ficando ele quase a sós com Isaura no meio daqueles vastos e desertos edifícios.

Dir-me-ão que, sendo Isaura uma escrava, Leôncio, para achar-se a sós com ela, não precisava de semelhantes subterfúgios, e nada mais tinha a fazer do que mandá-la trazer à sua presença por bem ou por mal. Decerto ele assim podia proceder, mas não sei que prestígio tem, mesmo em uma escrava, a beleza unida à nobreza da alma e à superioridade da inteligência, que impõe respeito aos entes ainda os mais perversos e corrompidos. Por isso Leôncio, a despeito de todo o seu cinismo e obcecação, não podia eximir-se de render no fundo da alma certa homenagem à beleza e virtudes daquela escrava excepcional, e de tratá-la com mais alguma delicadeza do que às outras.

— Isaura — disse Leôncio, continuando o diálogo que deixamos apenas encetado —, fica sabendo que agora a tua sorte está inteiramente entre as minhas mãos.

— Sempre esteve, senhor — respondeu humildemente Isaura.

— Agora mais que nunca. Meu pai é falecido, e não ignoras que sou eu o seu único herdeiro. Malvina, por motivos que sem dúvida terás adivinhado, acaba de abandonar-me e retirou-se para a casa de seu pai. Sou eu, pois, que hoje unicamente governo nesta casa e disponho do teu destino. Mas também, Isaura, de tua vontade unicamente depende a tua felicidade ou a tua perdição.

— De minha vontade!... Oh! Não, senhor; minha sorte depende unicamente da vontade de meu senhor.

— E eu bem desejo — replicou Leôncio com a mais terna inflexão de voz —, com todas as forças de minha alma, tornar-te a mais feliz das criaturas; mas como, se me recusas obstinadamente a felicidade, que tu, só tu, me poderias dar?...

— Eu, senhor?! Oh! Por quem é, deixe a humilde escrava em seu lugar; lembre-se da senhora dona Malvina, que é tão formosa, tão boa, e que tanto lhe quer bem. É em nome dela que lhe peço, meu senhor: deixe de abaixar seus olhos para uma pobre cativa, que em tudo está pronta para lhe obedecer, menos nisso[1] que o senhor exige...

— Escuta, Isaura; és muito criança, e não sabes dar às coisas o devido peso. Um dia, e talvez já tarde, te arrependerás de ter rejeitado o meu amor.

1 Note que, nos diálogos, Isaura e Leôncio negociam o sexo.

— Nunca! — exclamou Isaura. — Eu cometeria uma traição infame para com minha senhora se desse ouvidos às palavras amorosas de meu senhor.

— Escrúpulos de criança!... Escuta ainda, Isaura. Minha mãe, vendo a tua linda figura e a viveza de teu espírito, talvez por não ter filha alguma, desvelou-se em dar-te uma educação, como teria dado a uma filha querida. Ela amava-te extremosamente, e se não te deu a liberdade foi com o receio de perder-te; foi para conservar-te sempre junto de si. Se ela assim procedia por amor, como posso eu largar-te de mão, eu que te amo com outra sorte de amor muito mais ardente e exaltado, um amor sem limites, um amor que me levará à loucura ou ao suicídio, se não... Mas que estou a dizer!... Meu pai, Deus lhe perdoe, levado por uma sórdida avareza, queria vender tua liberdade por um punhado de ouro, como se houvesse ouro no mundo que valesse os inestimáveis encantos de que os céus te dotaram. Profanação!... Eu repeliria, como quem repele um insulto, todo aquele que ousasse vir oferecer-me dinheiro pela tua liberdade. Livre és tu,[1] porque Deus não podia formar um ente tão perfeito para votá-lo à escravidão. Livre és tu, porque assim o queria minha mãe, e assim o quero eu. Mas, Isaura, o meu amor por ti é imenso; eu não posso, eu não devo abandonar-te ao mundo. Eu morreria de dor se me visse forçado a largar mão da joia inestimável que o céu parece ter-me destinado e que eu há tanto tempo rodeio dos mais ardentes anelos de minha alma...

— Perdão, senhor; eu não posso compreendê-lo; diz-me que sou livre, e não permite que eu vá para onde quiser, e nem ao menos que eu disponha livremente de meu coração?!

— Isaura, se o quiseres, não serás somente livre; serás a senhora, a deusa desta casa. Tuas ordens, quaisquer que sejam, os teus menores caprichos serão pontualmente cumpridos; e eu, melhor do que faria o mais terno e o mais leal dos amantes, te cercarei de todos os cuidados e carinhos, de todas as adorações, que sabe inspirar o mais ardente e inextinguível amor. Malvina me abandona!... Tanto melhor! Em que dependo eu dela e de seu amor, se te possuo?! Quebrem-se de uma vez para sempre esses laços urdidos pelo interesse![2] Esqueça-se para sempre de mim, que eu nos braços de minha Isaura encontrarei sobeja ventura para poder lembrar-me dela.

— O que o senhor acaba de dizer me horroriza. Como se pode esquecer e abandonar ao desprezo uma mulher tão amante e carinhosa, tão cheia de encantos e virtudes, como sinhá Malvina? Meu senhor, perdoe-me se lhe falo com franqueza; abandonar uma mulher bonita, fiel e virtuosa, por amor de uma pobre escrava, seria a mais feia das ingratidões.

A tão severa e esmagadora exprobração, Leôncio sentiu revoltar-se o seu orgulho.

— Cala-te, escrava insolente! — bradou cheio de cólera. — Que eu suporte sem irritar-me os teus desdéns e repulsas, ainda vá; mas repreensões!... Com quem pensas tu que falas?...

— Perdão! Senhor!... — exclamou Isaura aterrada e arrependida das palavras que lhe tinham escapado.

---

1 Observe o cinismo nas palavras de Leôncio.

2 Ele fala claramente do casamento por interesse com Malvina.

— E, entretanto, se te mostrasses mais branda comigo... Mas não, é muito aviltar-me diante de uma escrava; que necessidade tenho eu de pedir aquilo que de direito me pertence? Lembra-te, escrava ingrata e rebelde, que em corpo e alma me pertences,[1] a mim só e a mais ninguém. És propriedade minha; um vaso, que tenho entre as minhas mãos e que posso usar dele ou despedaçá-lo a meu sabor.

— Pode despedaçá-lo, meu senhor; bem o sei; mas, por piedade, não queira usar dele para fins impuros e vergonhosos. A escrava também tem coração, e não é dado ao senhor querer governar os seus afetos.

— Afetos!... Quem fala aqui em afetos?! Podes acaso dispor deles?...

— Não, por certo, meu senhor; o coração é livre; ninguém pode escravizá-lo, nem o próprio dono.

— Todo o teu ser é escravo; teu coração obedecerá, e, se não cedes de bom grado, tenho por mim o direito e a força... Mas para quê? Para te possuir não vale a pena empregar esses meios extremos. Os instintos do teu coração são rasteiros e abjetos como a tua condição; para te satisfazer far-te-ei mulher do mais vil, do mais hediondo de meus negros.[2]

— Ah! Senhor! Bem sei de quanto é capaz. Foi assim que seu pai fez morrer de desgosto e maus-tratos a minha pobre mãe; já vejo que me é destinada a mesma sorte. Mas fique certo de que não me faltarão nem os meios nem a coragem para ficar sempre livre do senhor e do mundo.

— Oh! — exclamou Leôncio com satânico sorriso. — Já chegaste a tão subido grau de exaltação e romantismo!... Isso em uma escrava não deixa de ser curioso. Eis o proveito que se tira de dar educação a tais criaturas! Bem mostras que és uma escrava, que vives de tocar piano e ler romances.[3] Ainda bem que me preveniste; eu saberei gelar a ebulição desse cérebro escaldado. Escrava rebelde e insensata, não terás mãos nem pés para pôr em prática teus sinistros intentos. Olá, André — bradou ele e apitou com força no cabo do seu chicote.

— Senhor! — bradou de longe o pajem, e um instante depois estava em presença de Leôncio.

— André — disse-lhe este com voz seca e breve —, traze-me já aqui um tronco de pés e algemas com cadeado.

"Virgem santa!", murmurou consigo André, espantado. "Para que será tudo isso?... Ah! Pobre Isaura!..."

— Ah! Meu senhor, por piedade! — exclamou Isaura, caindo de joelhos aos pés de Leôncio e levantando as mãos ao céu em contorções de angústia. — Pelas cinzas ainda quentes de seu pai, há poucos dias falecido, pela alma de sua mãe, que tanto lhe queria, não martirize a sua infeliz escrava. Acabrunhe-me de trabalhos, condene-me ao serviço o mais grosseiro e pesado, que a tudo me sujeitarei sem murmurar; mas o que o senhor exige de mim não posso, não devo fazê-lo, embora deva morrer.

---

1 Na época, o direito de propriedade do senhor era um direito de vida e de morte.

2 Perceba a crueldade da ameaça de Leôncio.

3 O autor faz uma crítica à formação romântica das moças, influenciada negativamente pela literatura.

— Bem me custa tratar-te assim, mas tu mesma me obrigas a este excesso. Bem vês que me não convém por modo nenhum perder uma escrava como tu és. Talvez ainda um dia me serás grata por ter te impedido de matar-te a ti mesma.

— Será o mesmo! — bradou Isaura levantando-se altiva, e com o acento rouco e trêmulo da desesperação. — Não me matarei por minhas próprias mãos, mas morrerei às mãos de um carrasco.

Nesse momento chega André trazendo o tronco e as algemas, que deposita sobre um banco, e retira-se imediatamente.

Ao ver aqueles bárbaros e aviltantes instrumentos de suplício, turvaram-se os olhos a Isaura, o coração se lhe enregelou de pavor, as pernas lhe desfaleceram, caiu de joelhos e, debruçando-se sobre o tamborete em que fiava, desatou uma torrente de lágrimas.

— Alma de minha sinhá velha! — exclamou com voz entrecortada de soluços. — Valei-me nestes apuros; valei-me lá do céu, onde estais, como me valíeis cá na Terra.

— Isaura — disse Leôncio com voz áspera apontando para os instrumentos de suplício —, eis ali o que te espera, se persistes em teu louco emperramento. Nada mais tenho a dizer-te; deixo-te livre ainda, e fica-te o resto do dia para refletires. Tens de escolher entre o meu amor e o meu ódio. Qualquer dos dois, tu bem sabes, são violentos e poderosos. Adeus!...

Quando Isaura sentiu que seu senhor se havia ausentado, ergueu o rosto, e, levantando ao céu os olhos e as mãos juntas, dirigiu à Rainha dos anjos a seguinte fervorosa prece, exalada entre soluços do mais íntimo de sua alma:

— Virgem Senhora da Piedade, Santíssima Mãe de Deus!... Vós sabeis se eu sou inocente e se mereço tão cruel tratamento. Socorrei-me neste transe aflitivo, porque neste mundo ninguém pode valer-me. Livrai-me das garras de um algoz, que ameaça não só a minha vida, como a minha inocência e honestidade.[1] Iluminai-lhe o espírito e infundi-lhe no coração brandura e misericórdia para que se compadeça de sua infeliz cativa. É uma humilde escrava que, com as lágrimas nos olhos e a dor no coração, vos roga pelas vossas dores sacrossantas, pelas chagas de vosso Divino Filho: valei-me por piedade.

Quanto Isaura era formosa naquela suplicante e angustiosa atitude! Oh! Muito mais bela do que em seus momentos de serenidade e prazer!... Se a visse então, Leôncio talvez sentisse abrandar-se o férreo e obcecado coração. Com os olhos arrasados em lágrimas, que em fio lhe escorregavam pelas faces desbotadas, entreaberta a boca melancólica, que lhe tremia ao passar da prece murmurada entre soluços, atiradas em desordem pelas espáduas as negras e opulentas madeixas, voltando para o céu o busto mavioso plantado sobre um colo escultural, ofereceria ao artista inspirado o mais belo e sublime modelo para a efígie da Mãe Dolorosa, a quem nesse momento dirigia suas ardentes súplicas. Os anjos do céu, que por certo naquele instante adejavam em torno dela agitando as asas de ouro e carmim, não podiam deixar de levar tão férvida e dolorosa prece aos pés do trono da Consoladora dos aflitos.

Absorvida em suas mágoas, Isaura não viu seu pai, que, entrando pelo salão a passos sutis e cautelosos, encaminhava-se para ela.

— Oh! Felizmente ela ali está — murmurava o velho. — O algoz aqui também andava! Oh! Pobre Isaura!... Que será de ti?!...

---

1 Isaura preza muito sua inocência, isto é, sua virgindade, como é típico das heroínas românticas.

— Meu pai por aqui!... — exclamou a infeliz ao avistar Miguel. — Venha, venha ver a que estado reduzem sua filha.

— Que tens, filha?... Que nova desgraça te sucede?

— Não está vendo, meu pai?... Eis ali a sorte que me espera — respondeu ela apontando para o tronco e as algemas que ali estavam ao pé dela.

— Que monstro, meu Deus!... Mas eu já esperava por tudo isto...

— É esta a liberdade que pretende dar àquela que a mãe dele criou com tanto amor e carinho. O mais cruel e aviltante cativeiro, um martírio continuado da alma e do corpo, eis o que resta à sua desventurada filha… Meu pai, não posso resistir a tanto sofrimento!… Restava-me um recurso extremo; esse mesmo vai me ser negado. Presa, algemada, amarrada de pés e mãos!… Oh!… Meu pai! Meu pai!… Isto é horrível!… Meu pai, a sua faca — acrescentou depois de ligeira pausa com voz rouca e olhar sombrio —, preciso de sua faca.

— Que pretendes fazer com ela, Isaura? Que louco pensamento é o teu?...

— Dê-me essa faca, meu pai; eu não usarei dela senão em caso extremo; quando o infame vier lançar-me as mãos para deitar-me esses ferros, farei saltar meu sangue ao rosto vil do algoz.

— Não, minha filha; não serão necessários tais extremos. Meu coração já adivinhava tudo isto, e já tenho tudo prevenido. O dinheiro que não serviu para alcançar a tua liberdade vai agora prestar-nos para arrancar-te às garras desse monstro. Tudo está já disposto, Isaura. Fujamos.

— Sim, meu pai, fujamos; mas como? Para onde?

— Para longe daqui, seja para onde for; e já, minha filha, enquanto não suspeitam coisa alguma e não te carregam de ferros.

— Ah! Meu pai, tenho bem medo; se nos descobrem, qual será a minha sorte!...

— A empresa é arriscada, não posso negar-te; mas ânimo, Isaura; é nossa única tábua de salvação; agarremo-nos a ela com fé e encomendemo-nos à divina providência. Os escravos estão na roça; o feitor levou para o cafezal tuas companheiras, teu senhor saiu a cavalo com o André; não há talvez em toda a casa senão alguma negra lá pelos cantos da cozinha. Aproveitemos a ocasião, que parece mesmo nos vir das mãos de Deus no momento em que aqui estou chegando. Eu já preveni tudo. Lá no fundo do quintal à beira do rio está amarrada uma canoa; é quanto nos basta. Tu sairás primeiro e irás lá ter por dentro do quintal; eu sairei por fora alguns instantes depois e lá nos encontraremos. Em menos de uma hora estaremos em Campos, onde nos espera um navio, de que é capitão um amigo meu e que tem de seguir viagem para o Norte nesta madrugada. Quando romper o dia, estaremos longe do algoz que te persegue. Vamo-nos, Isaura; talvez por este mundo encontremos alguma alma piedosa que, melhor do que eu, te possa proteger.

— Vamo-nos, meu pai; que posso eu recear?... Posso acaso ser mais desgraçada do que já sou?...

Isaura, cosendo-se com a sombra do muro que rodeava o pátio, abriu o portão que dava para o quintal e desapareceu. Momentos depois, Miguel rodeando por fora os edifícios costeava o quintal e achava-se com ela à margem do rio.

A canoa vogando sutilmente bem junto à barranca, impelida pelo braço vigoroso de Miguel, em poucos minutos perdeu de vista a fazenda.

CAPÍTULO 10

Já são passados mais de dois meses depois da fuga de Isaura, e agora, leitores,[1] enquanto Leôncio emprega diligências extraordinárias e meios extremos, e, desatando os cordões da bolsa, põe em atividade a polícia e uma multidão de agentes particulares[2] para empolgar de novo a presa, que tão sorrateiramente lhe escapara, façamo-nos de vela para as províncias do Norte, onde talvez primeiro que ele deparemos com a nossa fugitiva heroína.

Estamos no Recife. É noite e a formosa Veneza da América do Sul, coroada de um diadema de luzes, parece surgir dos braços do oceano, que a estreita em carinhoso amplexo e a beija com amor. É uma noite festiva: em uma das principais ruas nota-se um edifício esplendidamente iluminado, para onde concorre grande número de cavalheiros e damas das mais distintas e opulentas classes. É um lindo prédio onde uma sociedade escolhida costuma dar brilhantes e concorridos saraus. Alguns estudantes dos mais ricos e elegantes também costumam descer da velha Olinda[3] em noites determinadas para ali virem se espanejar entre os esplendores e harmonias, entre as sedas e perfumes do salão do baile; e, aos meigos olhares e angélicos sorrisos das belas e espirituosas pernambucanas, esquecerem por algumas horas os duros bancos da Academia e os carunchosos praxistas[4].

Suponhamos que também somos adeptos daquele templo de Terpsícore[5], entremos por ele adentro e observemos o que por aí vai de curioso e interessante. Logo na primeira sala encontramos um grupo de elegantes mancebos que conversam com alguma animação. Escutemo-los.

— É mais uma estrela que vem brilhar nos salões do Recife — dizia Álvaro — e dar lustre a nossos saraus. Não há ainda três meses que chegou a esta cidade, e haverá pouco mais de um que a conheço. Mas creia-me, doutor Geraldo, é ela a criatura mais nobre e encantadora que tenho conhecido. Não é uma mulher; é uma fada; é um anjo, é uma deusa!...

— Cáspite! — exclamou o doutor Geraldo. — Fada! Anjo! Deusa!... São portanto três entidades distintas, mas por fim de contas verás que não passa de uma mulher verdadeira. Mas dize-me cá, meu Álvaro: esse anjo, fada, deusa, mulher, ou o que quer que seja, não te disse de onde veio, de que família é, se tem fortuna etcétera etcétera etcétera?

— Pouco me importo com essas coisas, e poderia responder-te que veio do céu, que é da família dos anjos e que tem uma fortuna superior a todas as riquezas do mundo: uma alma pura, nobre e inteligente, e uma beleza incomparável. Mas sempre te direi que o que sei de positivo a respeito dela é que veio do Rio Grande do Sul em companhia de seu pai, de quem é ela a única família; que seus meios são bastantemente escassos, mas que em compensação ela é linda como os anjos e tem o nome de Elvira.

---

1 Essa é uma forma de envolver os leitores.

2 Caçadores de escravos, homens livres e pobres que perseguiam escravos fugidos para restituí-los a seus donos em troca de dinheiro.

3 Cidade vizinha a Recife, onde, em 1827, foi fundada a Faculdade de Direito.

4 Pessoas versadas em direito processual.

5 Musa da dança e da poesia lírica na mitologia grega.

— Elvira! — observou o terceiro cavalheiro. — Bonito nome na verdade!... Mas não poderás dizer-nos, Álvaro, onde mora a tua fada?...

— Não faço mistério disso; mora com seu pai em uma pequena chácara no bairro de Santo Antônio, onde vivem modestamente, evitando relações e aparecendo mui raras vezes em público. Nessa chácara, escondida entre moitas de coqueiros e arvoredos, vive ela como a violeta entre a folhagem ou como fada misteriosa em uma gruta encantada.

— É célebre! — retorquiu o doutor. — Mas como chegaste a descobrir essa ninfa encantada e a ter entrada em sua gruta misteriosa?

— Eu vos conto em duas palavras. Passando eu um dia a cavalo por sua chácara, avistei-a sentada em um banco do pequeno jardim da frente. Surpreendeu-me sua maravilhosa beleza. Como viu que eu a contemplava com demasiada curiosidade, esgueirou-se como uma borboleta entre os arbustos floridos e desapareceu. Formei o firme propósito de vê-la e de falar-lhe, custasse o que custasse. Por mais, porém, que indagasse por toda a vizinhança, não encontrei uma só pessoa que se relacionasse com ela e que pudesse apresentar-me. Indaguei por fim quem era o proprietário da chácara e fui ter com ele. Nem esse podia dar-me informações, nem servir-me em coisa alguma. O seu inquilino vinha todos os meses pontualmente adiantar o aluguel da chácara; eis tudo quanto a respeito dele sabia. Todavia continuei a passar todas as tardes por defronte do jardim, mas a pé para melhor poder surpreendê-la e admirá-la; quase sempre, porém, sem resultado. Quando acontecia estar no jardim, esquivava-se sempre às minhas vistas como da primeira vez. Um dia, porém, quando eu passava, caiu-lhe o lenço ao levantar-se do banco; a grade estava aberta; tomei a liberdade de penetrar no jardim, apanhei o lenço e corri a entregar-lho, quando já ela punha o pé na soleira de sua casa. Agradeceu-me com um sorriso tão encantador que estive em termos de cair de joelhos a seus pés; mas não mandou-me entrar nem me fez oferecimento algum.[1]

— Esse lenço, Álvaro — atalhou um cavalheiro —, decerto ela o deixou cair de propósito, para que pudesses vê-la de perto e falar-lhe. É um apuro de romantismo, um delicado rasgo de *coquetterie*[2].

— Não creio; não há naquele ente nem sombra de *coquetterie*; tudo nela respira candura e singeleza. O certo é que custei a arrancar meus pés daquele lugar, onde uma força magnética me retinha e que parecia recender um misterioso eflúvio de amor, de pureza e de ventura.

Álvaro para em sua narrativa, como que embevecido em tão suaves recordações.

— E ficaste nisso, Álvaro! — perguntava outro cavalheiro. — O teu romance está nos interessando; vamos por diante, que estou aflito por ver a peripécia...

— A peripécia?... Oh! Essa ainda não chegou, e nem eu mesmo sei qual será. Esgotei enfim os estratagemas possíveis para ter entrada no santuário daquela deusa; mas foi tudo baldado. O acaso enfim veio em meu socorro e serviu-me melhor do que toda a minha habilidade e diligência. Passeando eu uma tarde de carro no bairro de Santo Antônio, pelas margens do Beberibe, passeio que se tornara para mim uma devoção, avistei um homem e uma mulher navegando a todo pano em um pequeno bote.

1 Aqui temos o ritual típico do amor romântico.
2 Em francês, faceirice, denguice.

Instantes depois o bote achou-se encalhado em um banco de areia. Apeei-me imediatamente e, tomando um escaler na praia, fui em socorro dos dois navegantes que em vão forcejavam por safar a pequena embarcação. Não podem fazer ideia da deliciosa surpresa que senti ao reconhecer nas duas pessoas do bote a minha misteriosa da chácara e seu pai...

— Por essa já eu esperava; entretanto o lance não deixa de ser dramático; a história de seus amores com a tal fada misteriosa vai tomando visos de um poema fantástico.

— Entretanto é a pura realidade. Como estavam molhados e enxovalhados, convidei-os a entrarem no meu carro. Aceitaram depois de muita relutância e dirigimo-nos para a casa deles. É escusado contar-vos o resto desde então, se bem que com algum acanhamento foi me franqueado o umbral da gruta misteriosa.[1]

— E, pelo que vejo — interrogou o doutor —, amas muito essa mulher?

— Se amo! Adoro-a cada vez mais, e, o que é mais, tenho razões para acreditar que ela... pelo menos não me olha com indiferença.

— Deus queira que não andes embaído por alguma Circe[2] de bordel, por alguma dessas aventureiras de que há tantas pelo mundo e que, sabendo que és rico, arma laços ao teu dinheiro! Esse afastamento da sociedade, esse mistério em que procuram tão cuidadosamente envolver a sua vida não abonam muito em favor deles.

— Quem sabe se são criminosos que procuram subtrair-se às pesquisas da polícia? — observou um cavalheiro.

— Talvez moedeiros falsos — acrescentou outro.

— Tenho má-fé — continuou o doutor — todas as vezes que vejo uma mulher bonita viajando em países estranhos em companhia de um homem, que de ordinário se diz pai ou irmão dela. O pai de tua fada, Álvaro, se é que é pai, é talvez algum cigano, ou cavalheiro de indústria, que especula com a formosura de sua filha.

— Santo Deus!... Misericórdia! — exclamou Álvaro. — Se eu adivinhasse que veria a pessoa daquela criatura angélica apreciada com tanta atrocidade, ou antes tão impiamente profanada, quereria antes ser atacado de mudez do que trazê-la à conversação. Creiam que são demasiado injustos para com aquela pobre moça, meus amigos. Eu a julgaria antes uma princesa destronizada, se não soubesse que é um anjo do céu. Mas vocês em breve vão vê-la, e eu e ela estaremos vingados; pois estou certo de que todos a uma voz a proclamarão uma divindade. Mas o pior é que desde já posso contar com um rival em cada um de vocês.

— Por minha parte — disse um dos cavalheiros —, pode ficar tranquilo, pois sempre tive horror às moças misteriosas.

— E eu, que não sou mais do que um simples mortal, tenho muito medo de fadas — acrescentou o outro.

---

1 Note que o pai e a filha deixam que Álvaro entre em casa para retribuir a cortesia.

2 Nome de uma feiticeira que figura no poema *Odisséia*, de Homero. A personagem insinua que a moça seja uma prostituta astuciosa.

— E como é — perguntou o doutor Geraldo — que, vivendo ela assim arredada da sociedade, pôde resolver-se a deixar a sua misteriosa solidão para vir a este baile tão público e concorrido?...

— E quanto não me custou isso, meu amigo! — respondeu Álvaro. — Veio quase violentada. Há muito tempo que procuro convencê-la, por todos os modos, que uma senhora jovem e formosa, como é ela, escondendo seus encantos na solidão, comete um crime, contrário às vistas do Criador, que formou a beleza para ser vista, admirada e adorada; pois sou o contrário desses amantes ciumentos e atrabiliários, que desejariam ter suas amadas escondidas no âmago da terra. Argumentos, instâncias, súplicas, tudo foi perdido; pai e filha recusavam-se constantemente a aparecer em público, alegando mil diversos pretextos. Vali-me por fim de um ardil: fiz-lhes acreditar que aquele modo de viver retraído e sem contato com a sociedade, em um país[1] onde eram desconhecidos, já começava a dar que falar ao público e a atrair suspeitas sobre eles, e que até a polícia começava a olhá-los com desconfiança; mentiras que não deixavam de ter sua plausibilidade...[2]

— E tanta — interrompeu o doutor — que talvez não andem muito longe da verdade.

— Fiz-lhes ver — continuou Álvaro — que, por infundadas e fúteis que fossem tais suspeitas, era necessário arredá-las de si, e para isso cumpria-lhes absolutamente frequentar a sociedade. Esse embuste produziu o desejado efeito.

— Tanto pior para eles — retorquiu o doutor. — Eis aí um indício bem mau e que mais me confirma em minhas desconfianças. Fossem eles inocentes, e bem pouco se importariam com as suspeitas do público ou da polícia, e continuariam a viver como dantes.

— Tuas suspeitas não têm o menor fundamento, meu doutor. Eles têm poucos meios, e por isso evitam a sociedade, que realmente impõe duros sacrifícios às pessoas desfavorecidas da fortuna, e eles... Mas ei-los que chegam... Vejam e convençam-se com seus próprios olhos.

Entrava nesse momento na antessala uma jovem e formosa dama pelo braço de um homem de idade madura e de respeitável presença.

— Boa noite, senhor Anselmo!... boa noite, dona Elvira!... Felizmente ei-los aqui! — isso dizia Álvaro aos recém-chegados, separando-se de seus amigos, e apressurando-se para cumprimentar aqueles com toda a amabilidade e cortesia. Depois, oferecendo um braço a Elvira e outro ao senhor Anselmo, os vai conduzindo para as salas interiores, por onde já turbilhona a mais numerosa e brilhante sociedade. Os três interlocutores de Álvaro, bem como muitas outras pessoas que por ali se achavam, puseram-se em ala para verem passar Elvira, cuja presença causava sensação e murmurinho mesmo entre os que não estavam prevenidos.

— Com efeito!... É de uma beleza deslumbrante!

— Que porte de rainha!...

---

1 No texto, tem o sentido de "região".

2 O ardil usado por Álvaro acaba por revelar parte do segredo: Elvira e seu pai temem a polícia.

— Que olhos de andaluza!...

— Que magníficos cabelos!

— E o colo!... Que colo!... Não reparaste?...

— E como se traja com tão elegante simplicidade! — assim murmuravam entre si os três cavalheiros como impressionados por uma aparição celeste.

— E não reparaste — acrescentou o doutor Geraldo — naquele feiticeiro sinalzinho que tem na face direita?... Álvaro tem razão; a sua fada vai eclipsar todas as belezas do salão. E tem de mais a mais a vantagem da novidade e esse prestígio do mistério que a envolve. Estou ardendo de impaciência por lhe ser apresentado; desejo admirá-la mais de espaço[1].

Nesse tom continuaram a conversar, até que, passados alguns minutos, Álvaro, tendo cumprido a grata comissão de apresentador daquela nova pérola dos salões, estava de novo entre eles.

— Meus amigos — disse-lhes ele com ar triunfante —, convido-os para o salão. Quero já apresentar-lhes dona Elvira para desvanecer de uma vez para sempre as injuriosas apreensões que ainda há pouco nutriam a respeito do ente o mais belo e mais puro, que existe debaixo do sol, se bem que estou certo de que só com a simples vista ficaram penetrados de assombro até a medula dos ossos.

Os quatro cavalheiros se retiraram e desapareceram no meio do turbilhão das salas interiores. Foram, porém, imediatamente substituídos por um grupo de lindas e elegantes moças, que, cintilantes de sedas e pedrarias como um bando de aves-do-paraíso, passeavam conversando. O assunto da palestra era também dona Elvira; mas o diapasão era totalmente diverso e em nada se harmonizava com o da conversação dos rapazes. Nenhum mal nos fará escutá-las por alguns instantes.

— Você não saberá dizer-nos, dona Adelaide, quem é aquela moça, que ainda há pouco entrou na sala pelo braço do senhor Álvaro?

— Não, dona Laura; é a primeira vez que a vejo, parece-me que não é desta terra.

— Decerto; que ar espantado tem ela!... Parece uma matuta que nunca pisou em um salão de baile; não acha, dona Rosalina?

— Sem dúvida!... E você não reparou na *toilette* dela?... Meu Deus!... Que pobreza! A minha mucama tem melhor gosto para se trajar. Aqui a dona Emília é que talvez saiba quem ela é.

— Eu? Por quê? É a primeira vez que a vejo, mas o senhor Álvaro já me tinha dado notícias dela, dizendo que era um assombro de beleza. Não vejo nada disso; é bonita, mas não tanto que assombre.

— Aquele senhor Álvaro sempre é um excêntrico, um esquisito; tudo quanto é novidade o seduz. E onde iria ele escavar aquela pérola, que tanto o traz embasbacado?...

— Veio de arribação lá dos mares do Sul, minha amiga, e, a julgar pelas aparências, não é de todo má.

---

1 A expressão aqui significa "devagar".

— Se não fosse aquela pinta negra que tem na face, seria mais suportável.

— Pelo contrário, dona Laura; aquele sinal é que ainda lhe dá certa graça particular...

— Ah! Perdão, minha amiga; não me lembrava que você também tem na face um sinalzinho semelhante; esse deveras fica-te muito bem, e dá-te muita graça; mas o dela, se bem reparei, é grande demais; não parece uma mosca, mas sim um besouro que lhe pousou na face.

— A dizer-te a verdade, não reparei bem. Vamos, vamos para o salão; é preciso vê-la mais de perto, estudá-la com mais vagar para podermos dar com segurança a nossa opinião.[1]

E, dito isso, lá se foram elas com os braços enlaçados, formando como longa grinalda de variegadas flores, que lá se foi serpeando perder-se entre a multidão.

Capítulo 11

Álvaro era um desses privilegiados sobre quem a natureza e a fortuna parece terem querido despejar à porfia todo o cofre de seus favores. Filho único de uma distinta e opulenta família, na idade de vinte e cinco anos, era órfão de pai e mãe e senhor de uma fortuna de cerca de dois mil contos.

Era de estatura regular, esbelto, bem-feito e belo, mais pela nobre e simpática expressão da fisionomia do que pelos traços físicos, que entretanto não eram irregulares. Posto que não tivesse o espírito muito cultivado, era dotado de entendimento lúcido e robusto, próprio a elevar-se à esfera das mais transcendentes concepções. Tendo concluído os preparatórios, como era filósofo, que pesava gravemente as coisas, ponderando que a fortuna de que pelo acaso do nascimento era senhor, por outro acaso lhe podia ser tirada, quis, para ter uma profissão qualquer, dedicar-se ao estudo do direito.[2] No primeiro ano, enquanto pairava pelas altas regiões da filosofia do direito, ainda achou algum prazer nos estudos acadêmicos; mas quando teve de embrenhar-se no intrincado labirinto dessa árida e enfadonha casuística do direito positivo, seu espírito eminentemente sintético recuou enfastiado, e não teve ânimo de prosseguir na senda encetada. Alma original, cheia de grandes e generosas aspirações, aprazia-se mais na indagação das altas questões políticas e sociais, em sonhar brilhantes utopias, do que em estudar e interpretar leis e instituições, que, pela maior parte, em sua opinião, só tinham por base erros e preconceitos os mais absurdos.

Tinha ódio a todos os privilégios e distinções sociais, e é escusado dizer que era liberal, republicano e quase socialista.[3]

Com tais ideias Álvaro não podia deixar de ser abolicionista exaltado, e não o era só em palavras. Consistindo em escravos uma não pequena porção da herança de seus

1 Observe a inveja que Elvira provoca nas outras moças.

2 O estudo para a classe alta é um dos meios de manter e até aumentar a fortuna.

3 Isso quer dizer que Álvaro ia contra o sistema vigente, conservador, monarquista e escravocrata.

pais, tratou logo de emancipá-los todos. Como, porém, Álvaro tinha um espírito nimiamente filantrópico, conhecendo quanto é perigoso passar bruscamente do estado de absoluta submissão para o gozo da plena liberdade, organizou para os seus libertos em uma de suas fazendas uma espécie de colônia, cuja direção confiou a um probo e zeloso administrador. Dessa medida podiam resultar grandes vantagens para os libertos, para a sociedade e para o próprio Álvaro. A fazenda lhes era dada para cultivar, a título de arrendamento, e eles, sujeitando-se a uma espécie de disciplina comum, não só se preservavam de entregar-se à ociosidade, ao vício e ao crime, tinham segura a subsistência e podiam adquirir algum pecúlio, como também poderiam indenizar a Álvaro do sacrifício que fizera com a sua emancipação.[1] Original e excêntrico como um rico lorde inglês, professava em seus costumes a pureza e severidade de um *quaker*[2]. Todavia, como homem de imaginação viva e coração impressionável, não deixava de amar os prazeres, o luxo, a elegância e sobretudo as mulheres, mas com certo platonismo delicado, certa pureza ideal, próprios das almas elevadas e dos corações bem-formados. Entretanto Álvaro ainda não havia encontrado até ali a mulher que lhe devia tocar o coração, a encarnação do tipo ideal, que lhe sorria nos sonhos vagos de sua poética imaginação. Com tão excelentes e brilhantes predicados, Álvaro por certo devia ser objeto de grande preocupação no mundo elegante, e talvez o almejo secreto que fazia palpitar o coração de mais de uma ilustre e formosa donzela. Ele, porém, igualmente cortês e amável para com todas, por nenhuma delas ainda havia dado o mínimo sinal de predileção.

Pode-se fazer ideia do desencanto, do assombro, da terrível decepção que reinou nos círculos das belas pernambucanas ao verem o vivo interesse e solicitude de que Álvaro rodeava uma obscura e pobre moça; a deferência com que a tratava, e os entusiásticos elogios que sem rebuço lhe prodigalizava. Juno e Palas[3] não ficaram tão despeitadas quando o formoso Páris conferiu a Vênus o prêmio da formosura. Já antes daquele sarau, Álvaro, em alguns círculos de senhoras, havia falado de Elvira em termos tão lisonjeiros e mesmo com certa eloquência apaixonada que a todas surpreendeu e inquietou. As moças ardiam por ver aquele protótipo de beleza, e já de antemão choviam sobre a desconhecida e o seu campeão[4] mil chascos e malignos apodos. Quando, porém, a viram, apesar dos contrafeitos e desdenhosos sorrisos que apenas lhes roçavam a flor dos lábios, sentiram uma desagradável impressão pungir-lhes no íntimo do coração. Peço perdão às belas de minha rude franqueza; a vaidade é, com bem raras exceções, companheira inseparável da beleza, e onde se acha a vaidade, a inveja, que sempre a acompanha mais ou menos de perto, não se faz esperar por muito tempo. A beleza da desconhecida era incontestável; sua modéstia e timidez em nada prejudicavam a singela e nativa elegância de que era dotada; o traje simples e mesmo pobre, em relação ao luxo suntuoso que a rodeava, as-

---

1 Em outras palavras, os escravos não passaram a trabalhadores livres e assalariados, mas a homens livres, que arrendavam a terra do senhor, pagando-lhe em espécie.
2 Seita religiosa fundada na Inglaterra em 1650.
3 Veja a nota 2 da página 35.
4 A palavra nessa passagem tem o sentido de "defensor".

sentava-lhe maravilhosamente e realçava-lhe ainda mais os encantos naturais. O efeito deslumbrante que Elvira produziu logo ao primeiro aspecto e o empenho com que Álvaro procurava fazer sobressaltar os sedutores atrativos de Elvira, como de propósito para eclipsar as outras belezas do salão, eram de sobejo para irritar-lhes a vaidade e o amor-próprio. Uma e outra deviam ser naquela noite o alvo de mil olhares desdenhosos, de mil sorrisos zombeteiros e acerados epigramas.

Álvaro nem dava fé da maldisfarçada hostilidade com que ele e a sua protegida — podemos dar-lhe esse nome — eram acolhidos naquela reunião; mas a tímida e modesta Elvira, que em parte alguma encontrava lhaneza e cordialidade, achava-se mal naquela atmosfera de fingida amabilidade e cortesania, e em cada olhar via um escárnio desdenhoso, em cada sorriso um sarcasmo.

Já sabemos quem era Álvaro; agora travemos conhecimento com o seu amigo, o doutor Geraldo.

Era um homem de trinta anos; bacharel em direito e advogado altamente conceituado no foro do Recife. Entre as relações de Álvaro era a que cultivava com mais afeto e intimidade; uma inteligência de bom quilate, firme e esclarecida, um caráter sincero, franco e cheio de nobreza davam-lhe direito a essa predileção da parte de Álvaro. Seu espírito prático e positivo, como deve ser o de um consumado jurisconsulto, prestando o maior respeito às instituições e mesmo a todos os preconceitos e caprichos da sociedade, estava em completo antagonismo com as ideias excêntricas e reformistas de seu amigo; mas esse antagonismo, longe de perturbar ou arrefecer a recíproca estima e afeição que entre eles reinavam, servia antes para alimentá-las e fortalecê-las, quebrando a monotonia que deve reinar nas relações de duas almas sempre acordes e uníssonas em tudo. Essas tais, por fim de contas, vendo que o que uma pensa a outra também pensa, o que uma quer a outra igualmente quer, e que nada têm a se comunicar, enjoadas de tanto se dizerem amém, ver-se-ão forçadas a recolherem-se ao silêncio e a dormitarem uma em face da outra; plácida, cômoda e sonolenta amizade!... De mais, a contrariedade de tendências e opiniões são sempre de grande utilidade entre amigos, modificando-se e temperando-se umas pelas outras. Era assim que muitas vezes o positivismo e o senso prático do doutor Geraldo serviam de corretivo às utopias e exaltações de Álvaro, e vice-versa.

Da boca do próprio Álvaro já ouvimos por que acaso veio ele a conhecer dona Elvira e como conseguiu levá-la ao sarau, a que ainda continuamos a assistir.

— Meu pai — dizia uma jovem senhora a um homem respeitável, em cujo braço se arrimava, entrando na ante-sala, onde ainda nos conservamos de observação. — Meu pai, fiquemos por aqui um pouco nesta sala, enquanto está deserta. Ah! Meu Deus! — continuou ela com voz abafada, depois de se terem sentado junto um do outro. — Que vim eu aqui fazer, eu, pobre escrava[1], no meio dos saraus dos ricos e dos fidalgos!... Este luxo, estas luzes, estas homenagens que me rodeiam me perturbam os sentidos e causam-me vertigem.

1 Aqui fica evidente o que antes estava insinuado: Elvira é Isaura.

É um crime que cometo, envolvendo-me no meio de tão luzida sociedade; é uma traição, meu pai; eu o conheço, e sinto remorsos... Se essas nobres senhoras adivinhassem que ao lado delas diverte-se e dança uma miserável escrava fugida a seus senhores!... Escrava! — exclamou levantando-se. — Escrava!... Afigura-se-me que todos estão lendo, gravada em letras negras em minha fronte, esta sinistra palavra!... Fujamos daqui, meu pai, fujamos! Esta sociedade parece estar escarnecendo de mim; este ar me sufoca... Fujamos.

Falando assim a moça, pálida e ofegante, lançava a cada frase olhares inquietos em roda de si e empuxava o braço de seu pai, repetindo sempre com ansiosa sofreguidão:

— Vamo-nos, meu pai; fujamos daqui.

— Sossega teu coração, minha filha — respondeu o velho procurando acalmá-la. — Aqui ninguém absolutamente pode suspeitar quem tu és. Como poderão desconfiar que és uma escrava, se de todas essas lindas e nobres senhoras nem pela formosura, nem pela graça e prendas do espírito nenhuma pode levar-te a palma[1]?

— Tanto pior, meu pai; sou alvo de todas as atenções, e esses olhares curiosos, que de todos os cantos se dirigem sobre mim, fazem-me a cada instante estremecer; desejaria até que a terra se abrisse debaixo de meus pés e me sumisse em seu seio.

— Deixa-te dessas ideias; esse teu medo e acanhamento é que poderiam nos pôr a perder, se acaso houvesse o mais leve motivo de receio. Ostenta com desembaraço todos os teus encantos e habilidades, dança, canta, conversa, mostra-te alegre e satisfeita, que, longe de te suporem uma escrava, são capazes de pensar que és uma princesa. Toma ânimo, minha filha, ao menos por hoje; esta também, assim como é a primeira, será a derradeira vez que passaremos por este constrangimento; não nos é possível ficar por mais tempo nesta terra, onde começamos a despertar suspeitas.

— É verdade, meu pai!... Que fatalidade!... — respondeu a moça com uma triste oscilação de cabeça. — Assim pois estamos condenados a vagar de país em país, sequestrados da sociedade, vivendo no mistério e estremecendo a todo instante, como se o céu nos tivesse marcado com um ferrete de maldição!... Ah! Esta partida há de me doer bem no coração!... Não sei que encanto me prende a este lugar. Entretanto terei de dizer adeus eterno a... esta terra, onde gozei alguns dias de prazer e tranquilidade! Ah! Meu Deus!... Quem sabe se não teria sido melhor morrer entre os tormentos da escravidão!...

Nesse momento entrava Álvaro na antessala percorrendo-a com os olhos, como quem procurava alguém.

— Onde se sumiriam? — vinha ele murmurando. — Teriam tido a triste lembrança de se irem embora?... Oh! Não; felizmente ei-los ali! — exclamou alegremente, dando com os olhos nos dois personagens que acabamos de ouvir conversar. — Dona Elvira, vossa excelência é modesta demais; vem esconder-se neste recanto, quando devia estar brilhando no salão, onde todos suspiram pela sua presença. Deixe isso para as tímidas e fanadas violetas; à rosa compete alardear em plena luz todos os seus encantos.

1 A expressão significa "ganhar", "vencer".

— Desculpe-me — murmurou Isaura —, uma pobre moça criada como eu na solidão da roça, e que não está acostumada a tão esplêndidas reuniões, sente-se abafada e constrangida...

— Oh! Não... Há de acostumar-se, eu espero. As luzes, o esplendor, as harmonias, os perfumes constituem a atmosfera em que deve brilhar a beleza, que Deus criou para ser vista e admirada. Vim buscá-la a pedido de alguns cavalheiros, que já são admiradores de vossa excelência. Para interromper a monotonia das valsas e quadrilhas, costumam aqui as senhoras encantar-nos os ouvidos com alguma canção, ária, modinha, ou seja o que for. Algumas pessoas a quem eu disse, perdoe-me a indiscrição, filha do entusiasmo, que vossa excelência possui a mais linda voz e canta com maestria, mostram o mais vivo desejo de ouvi-la.

— Eu, senhor Álvaro!... Eu cantar diante de uma tão luzida reunião!... Por favor, queira dispensar-me dessa nova prova. É em seu próprio interesse que lhe digo; canto mal, sou muito acanhada e estou certa de que irei solenemente desmenti-lo. Poupe-nos a nós ambos essa vergonha.

— São desculpas que não posso aceitar, porque já a ouvi cantar, e creia-me, dona Elvira, se eu não tivesse a certeza de que a senhora canta admiravelmente, não seria capaz de expô-la a um fiasco. Quem canta como vossa excelência não deve acanhar-se, e eu por minha parte peço-lhe encarecidamente que não cante outra coisa senão aquela maviosa canção da escrava, que outro dia a surpreendi cantando, e afianço a vossa excelência que arrebatará os ouvintes.

— Por que razão não pode ser outra? Essa desperta-me recordações tão tristes...

— E é talvez por isso mesmo que é tão linda nos lábios de vossa excelência.

"Ai! triste de mim!", suspirou dentro da alma dona Elvira. "Aqueles mesmos que mais me amam tornam-se, sem o saber, os meus algozes!..."

Elvira bem quisera escusar-se a todo transe; cantar naquela ocasião era para ela o mais penoso dos sacrifícios. Mas não lhe era mais possível relutar, e, lembrando-se do judicioso conselho de seu pai, não quis mais ver-se rogada, e, aceitando o braço que Álvaro lhe oferecia, foi por ele conduzida ao piano, onde sentou-se com a graça e elegância de quem se acha completamente familiarizada com o instrumento.

Uma multidão de cabeças curiosas e de corações palpitando na mais ansiosa expectação se apinharam em volta do piano; os cavalheiros estavam ansiosos por saberem se a voz daquela mulher correspondia à sua extraordinária beleza; se a fada seria também uma sereia; as moças esperavam que, ao menos naquele terreno, teriam o prazer de ver derrotada a sua formidável êmula, e já contavam compará-la com o pavão da fábula, queixando-se a Juno que, o tendo formado a mais bela das aves, não lhe dera outra voz mais que um guincho áspero e desagradável.[1]

A conjuntura era delicada e solene; a moça achava-se na difícil situação de uma prima-dona que, precedida de uma grande reputação, faz a sua estreia perante um público

1 As moças esperavam que Elvira fosse como o pavão da fábula, bela, porém com um defeito.

exigente e ilustrado. Em torno dela fazia-se profundo silêncio; as respirações estavam como que suspensas, ao passo que parecia ouvir-se o palpitar de todos os corações no ofego da expectação. Álvaro, apesar de conhecer já a excelência da voz de Elvira e sua maestria no canto, não deixava de mostrar-se inquieto e comovido. Elvira por sua parte pouco se importaria de cantar bem ou mal; desejaria até passar pela moça a mais feia, a mais desengraçada e a mais tola daquela reunião, contanto que a deixassem a um canto esquecida e sossegada. Dir-se-ia que estava debaixo do império de algum terrível pressentimento. Mas Elvira amava a Álvaro, e, grata ao delicado empenho com que este, cheio de solicitude e entusiasmo, se esforçava por apresentá-la como um protótipo de beleza e de talento aos olhos daquela brilhante sociedade, para satisfazê-lo e não desmentir a lisonjeira opinião que propalara a respeito dela, desejava cantar o melhor que lhe fosse possível. Era ao triunfo de Álvaro que aspirava mais do que ao seu próprio.[1]

Uma vez sentada ao piano, logo que seus dedos mimosos e flexíveis, pousando sobre o teclado, preludiaram alguns singelos acordes, a moça sentiu-se outra, revelando aos circunstantes maravilhados um novo e original aspecto de sua formosura. A fisionomia, cuja expressão habitual era toda modéstia, ingenuidade e candura, animou-se de luz insólita; o busto admiravelmente cinzelado ergueu-se altaneiro e majestoso; os olhos extáticos alçavam-se cheios de esplendor e serenidade; os seios, que até ali apenas arfavam como as ondas de um lago em tranquila noite de luar, começaram de ofegar, túrgidos e agitados, como oceano encapelado; seu colo distendeu-se alvo e esbelto como o do cisne que se apresta a desprender os divinais gorjeios. Era o sopro da inspiração artística que, roçando-lhe pela fronte, a transformava em sacerdotisa do belo, em intérprete inspirada das harmonias do céu. Ali sentia-se ela rainha sobre seu trono ideal; ali era Calíope[2], sentada sobre a trípode sagrada, avassalando o mundo ao som de enlevadoras e inefáveis harmonias. Das próprias inquietações e angústias da alma soube ela tirar alento e inspiração para vencer as dificuldades da árdua situação em que se achava empenhada. Banhou os lábios com as lágrimas do coração, e a voz lhe rompeu do peito com tão original e arrebatadora vibração, em modulações tão puras e suaves, tão repassadas de sublime melancolia, que mais de uma lágrima viu-se rolar pelas faces dos frequentadores daquele templo dos prazeres, dos risos e da frivolidade!

Elvira acabava de alcançar um triunfo colossal. Mal terminara o canto, o salão restrugiu entre os mais estrondosos aplausos e parecia que vinha desabando ao ruído atordoador das palmas e dos vivas!

— A fada de Álvaro é também uma sereia — dizia o doutor Geraldo a um dos cavalheiros, em cuja companhia já o vimos. — Resume tudo em si... Que timbre de voz tão puro e tão suave! Julguei-me arrebatado ao sétimo céu, ouvindo as harmonias dos coros angélicos.

---

1 Note que, como toda heroína romântica, Elvira — Isaura se sacrifica por seu amado.
2 Musa da poesia épica e da eloquência.

— É uma consumada artista... No teatro faria esquecer a Malibran[1] e conquistaria reputação europeia. Álvaro tem razão; uma criatura assim não pode ser uma mulher ordinária, e muito menos uma aventureira... — A música, dando o sinal para a quadrilha, interrompe a conversação ou não nô-la deixa ouvir.

— Dona Elvira — diz Álvaro dirigindo-se à sua protegida, que já se achava sentada ao pé de seu pai —, lembre-se que me fez a honra de conceder-me esta quadrilha.

Elvira esforçou-se por sorrir e combater o terrível abatimento que, ao deixar o piano, de novo se apoderara de seu espírito.

Tomou o braço de Álvaro e ambos foram ocupar o seu lugar na quadrilha.

Capítulo 12

Agora os leitores já sabem, se é que há mais tempo não adivinharam, que a suposta Elvira não é mais do que a escrava Isaura, assim como Anselmo não passa do feitor Miguel, ambos os quais são já nossos conhecidos antigos. Como também sabem que Isaura não só era dotada de espírito superior, como também recebera a mais fina e esmerada educação, não lhe estranharam a distinção das maneiras, a elegância e elevação da linguagem e outros dotes que faziam com que essa escrava excepcional pudesse aparecer e mesmo brilhar no meio da mais luzida e aristocrática sociedade.[2]

Foi a situação desesperada em que via sua querida filha que inspirou a Miguel o expediente extremo de uma fuga precipitada, exposta a mil azares e perigos. Lembrava-se ele com horror do miserando destino de que em iguais circunstâncias fora vítima a mãe de Isaura, e bem sabia que Leôncio, tão desalmado como o pai e ainda mais corrupto e libertino, era capaz de excessos e atentados ainda maiores. Tendo perdido a esperança de libertar a filha, entendeu que podia utilizar-se da soma que para esse fim tinha agenciado, empregando-a em arrancar a pobre vítima das mãos do algoz, por qualquer meio que fosse. Bem via que aos olhos do mundo tirar uma escrava da casa de seus senhores e proteger-lhe a fuga, além de ser um crime, era um ato desairoso e indigno de um homem de bem; mas a escrava era uma filha idolatrada e uma pérola de pureza, prestes a ser poluída ou esmagada pela mão de um senhor verdugo, e essa consideração o justificava aos olhos da própria consciência.[3]

Bem se lembrara o infeliz pai de dar denúncia do fato às autoridades, implorando a proteção das leis em favor de sua filha para que não fosse vítima das violências e sevícias de seu dissoluto e brutal senhor. Mas todos a quem consultava respondiam-lhe a uma voz:

— Não se meta em tal; é tempo perdido. As autoridades nada têm que ver com o que se passa no interior da casa dos ricos. Não caia nessa[4]; muito feliz será se somente tiver de pagar as custas e não lhe arrumarem por cima algum processo com que tenha de ir dar com os costados na cadeia. Onde se viu o pobre ter razão contra o rico, o fraco contra o forte?...

---

1 Referência a Maria Felícia Garcia Malibran, famosa cantora da época.

2 O narrador inicia aqui um *flash-back* com as explicações necessárias ao prosseguimento da história.

3 Note que o autor sente necessidade de justificar o crime de Miguel, alegando boa causa.

4 Expressão popular ainda hoje muito usada.

Miguel entretinha relações ocultas com alguns dos antigos escravos da fazenda de Leôncio, os quais, lembrando-se ainda com saudades do tempo de sua boa administração, conservavam-lhe o mesmo respeito e afeição, e por meio deles tinha exata informação do que se passava na fazenda. Sabendo dos cruéis apuros a que sua filha se achava reduzida depois da morte do comendador, não hesitou mais um instante e tratou de tomar todas as providências e medidas de segurança para roubar a filha e pô-la fora do alcance de seu bárbaro senhor. Na mesma madrugada, que se seguiu à tarde em que a raptou, fazia-se de vela com Isaura para as províncias do Norte em um navio negreiro, de que era capitão um português, antigo e dedicado amigo seu. Este, chegando às alturas de Pernambuco, como daí tinha de singrar para a costa da África, largou-os no Recife, prometendo-lhes que dentro em três ou quatro meses estaria de volta e pronto a conduzi-los para onde quisessem. Miguel, que, em sua profissão de jardineiro ou de feitor, havia passado a vida desde a infância dentro de um horizonte acanhado e em círculo mui limitado de relações, tinha pouco conhecimento e nenhuma experiência do mundo, e portanto não podia calcular todas as consequências da difícil posição em que ia colocar a si e a sua filha. Durante os longos anos que esteve feitorando a fazenda do comendador e de outros, não se dera senão uma ou outra fuga insignificante de escravos, por alguns dias e para alguma fazenda vizinha, e, portanto, não é para admirar que ele quase completamente ignorasse a amplitude dos direitos que tem um senhor sobre o escravo e os infinitos meios e recursos de que pode lançar mão para capturá-los em caso de fuga. Entendeu, pois, que em Pernambuco poderia viver com sua filha em plena seguridade, ao menos por três ou quatro meses, uma vez que se afastassem da sociedade o mais que pudessem e procurassem esconder sua vida na mais completa obscuridade.

Isaura também, se bem que tivesse o espírito mais atilado e esclarecido, longe do objeto principal de seu terror e aversão, não deixava de sentir-se tranquila e até certo ponto descuidosa dos perigos a que vivia exposta. Mas essa tal ou qual tranquilidade só durou até o dia em que pela primeira vez viu Álvaro. Amou-o com esse amor exaltado das almas elevadas, que amam pela primeira e única vez, e esse amor, como bem se compreende, veio tornar ainda mais crítica e angustiosa a sua já tão precária e mísera situação.

Álvaro tinha na fisionomia, nas maneiras, na voz e no gesto um não-sei-quê de nobre, de amável e profundamente simpático, que avassalava todos os corações. O que não seria ele para aquela que única até ali lhe soubera conquistar o amor? Isaura não pôde resistir a tão prestigiosa sedução; amou-o com o ardor e entusiasmo de um coração virgem; e com a imprevidência e cegueira de uma alma de artista, embora não visse nesse amor mais do que uma nova fonte de lágrimas e torturas para seu coração.

Medindo o abismo que a separava de Álvaro, bem sabia que de nenhuma esperança podia alimentar-se aquela paixão funesta, que deveria ficar para sempre sepultada no íntimo do coração, como um cancro a devorá-la eternamente.

No seu cálice de amarguras, já quase a transbordar, tinha de receber da mão do destino mais aquele travo cruel, que lhe devia queimar os lábios e envenenar-lhe a existência.

Já bastante lhe pesava andar enganando a sociedade a respeito de sua verdadeira condição; alma sincera e escrupulosa, envergonhava-se consigo mesma de impor às poucas pessoas, que com ela tratavam de perto, um respeito e consideração a que nenhum direito podia ter. Mas, considerando que de tal disfarce nenhum grande mal podia resultar à sociedade, conformava-se com sua sorte. Deveria porém ela, ou poderia, sem inconveniente, manter o seu amante na mesma ilusão? Com seu silêncio, conservando-o na ignorância de sua condição de escrava, deveria deixar alimentar-se, crescer profunda e enérgica a paixão que o moço por ela concebera?... Não seria isso um vil embuste, uma indignidade, uma traição infame? Não teria ele o direito, ao saber da verdade, de acabrunhá-la de amargas exprobrações, de desprezá-la, de calcá-la aos pés, de tratá-la enfim como escrava abjeta e vil, que ficaria sendo?

"Oh! Isso para mim seria mais horrível que mil mortes!", exclamava ela no meio do angustioso embate de ideias que se lhe agitavam no espírito. "Não, não devo iludi-lo; isso seria uma infâmia... Vou lhe descobrir tudo; é esse o meu dever, e hei de cumpri-lo. Ficará sabendo que não pode, que não deve amar-me; porém ao menos não ficará com o direito de desprezar-me... Uma escrava, que procede com lisura e lealdade, pode ao menos ser estimada. Não; não devo enganá-lo; hei de revelar-lhe tudo."[1]

Essa era a resolução que lhe inspiravam seu natural pundonor e lealdade, e os ditames de uma consciência reta e delicada, mas quando chegava o momento de pô-la em prática fraqueava-lhe o coração, e Isaura ia diferindo de dia para dia a execução de seu propósito.

Falecia-lhe de todo a coragem para quebrar por suas próprias mãos a doce quimera que tão deliciosamente a embalava e em que às vezes conseguia esquecer por longo tempo sua mísera condição, para lembrar-se somente que amava e era amada.

"Deixemos durar mais um dia", refletia consigo, "esta ilusória, mas inefável ventura. Sou uma condenada, que arrancam da masmorra para subir ao palco e fazer por momentos o papel de rainha feliz e poderosa; quando descer, serei de novo sepultada em minha masmorra para nunca mais sair. Prolonguemos esses instantes; não será lícito deixar passar ao menos em sonhos uma hora de felicidade sobre a fronte do infeliz condenado?... Sempre será tempo de quebrar esta frágil cadeia de ouro, que me prende ao céu, e baquear de novo no inferno de meus sofrimentos."

Nessa indecisão, nessa luta interna, em que sempre a voz da paixão abafava os ditames da razão e da consciência, passaram-se alguns dias até aquele em que Álvaro os induziu por meios quase violentos a aceitarem convite para um baile. Desde então Isaura entendeu que seria uma deslealdade, uma infâmia inqualificável, conservar por mais tempo o seu amante na ilusão a respeito de sua condição e que não havia mais meio de prolongar, sem desdouro para eles, tão falsa e precária situação.

---

1 Note a amargura de Isaura que sabe que amar Álvaro é totalmente incompatível com sua condição de escrava.

Era muito abusar da ignorância do nobre e generoso mancebo! Uma escrava fugida apresentar-se em um baile e apavonar-se em seu braço à face da mais brilhante e distinta classe de uma importante capital!... Era pagar com a mais feia ingratidão e a mais degradante deslealdade os serviços que com tanta delicadeza e amabilidade lhe havia prestado. Isso repugnava absolutamente aos escrúpulos da melindrosa consciência de Isaura. É verdade que Miguel, aterrado pelas considerações que Álvaro lhe fizera, viu-se forçado a anuir ao seu gracioso convite; Isaura, porém, guardara absoluto silêncio, o que ambos tomaram por um sinal de aquiescência.

Enganavam-se. Isaura recolhida ao silêncio não fazia mais do que tentar esforços supremos para sacudir o fardo daquele disfarce que tanto lhe pesava sobre a consciência, rasgando resolutamente o véu que encobria aos olhos do amante sua verdadeira condição. Por mais, porém, que invocasse toda a sua energia e resolução, no momento decisivo a coragem a abandonava. Já a palavra lhe pairava pelos lábios entreabertos, já tinha o passo formado para ir prostrar-se aos pés de Álvaro, mas, encontrando pousado sobre ela o olhar meigo e apaixonado do mancebo, ficava como que fascinada; a palavra não ousava romper os lábios paralisados e refluía ao coração, e os pés recusavam-se ao movimento como se estivessem pregados no chão. Isaura estava como o desgraçado a quem circunstâncias fatais arrastam ao suicídio, mas que, ao chegar à borda do precipício medonho em que deseja arrojar-se, recua espavorido.

"Fraca e covarde criatura que eu sou!", pensou ela por fim esmorecida. "Que miséria! Nem tenho coragem para cumprir um dever! Não importa; para tudo há remédio; cumpre que ele ouça da boca de meu pai o que eu não tenho ânimo de dizer-lhe."

Essa ideia luziu-lhe no espírito como uma tábua salvadora; agarrou-se a ela com sofreguidão, e, antes que de novo lhe fraqueasse o ânimo, tratou de pô-la em execução.

— Meu pai — disse ela resolutamente apenas Álvaro transpôs o portão do pequeno jardim —, declaro-lhe que não vou a esse baile; não quero, nem devo por forma nenhuma lá me apresentar.

— Não vais?! — exclamou Miguel atônito. — E por que não disseste isso há mais tempo, quando o senhor Álvaro ainda aqui se achava? Agora que já demos nossa palavra...

— Para tudo há remédio, meu pai — atalhou a filha com febril vivacidade —, e para este caso ele é bem simples. Vá meu pai depressa à casa desse moço e diga-lhe o que eu não tive ânimo de dizer-lhe; declare-lhe quem eu sou, e está tudo acabado.

Dizendo isso, Isaura estava pálida, falava com precipitação, os lábios descorados lhe tremiam, e as palavras, proferidas com voz convulsa e estridente, parecia que lhe eram arrancadas a custo do coração. Era o resultado do extremo esforço que fazia para levar a efeito tão penível resolução. O pai olhava para ela com assombro e consternação.

— Que estás a dizer, minha filha! — replicou-lhe ele. — Estás tão pálida e alterada!... Parece-me que tens febre... Sofres alguma coisa?

— Nada sofro, meu pai; não se inquiete pela minha saúde. O que eu estou lhe dizendo é que é absolutamente necessário que meu pai vá procurar esse moço e confessar-lhe tudo...

— Isso nunca!... Estás louca, menina?... Queres que eu te veja encerrada em uma cadeia, conduzida em ferros para a tua província, entregue a teu senhor, e por fim ver-te morrer entre tormentos nas garras daquele monstro! Oh! Isaura, por quem és, não me fales mais nisso. Enquanto o sangue me girar nestas veias, enquanto me restar o mais pequenino recurso, hei de lançar mão dele para te salvar...

— Salvar-me por meio de uma indignidade, de uma infâmia, meu pai!... — retorquiu a moça com exaltação. — Como posso eu, sem cometer a mais vil deslealdade, aparecer apresentada por ele como uma senhora livre em uma sala de baile?... Quando esse senhor e tantas outras ilustres pessoas souberem que ombreou com elas, e a par delas dançou uma miserável escrava fugida...

— Cala-te, menina! — interrompeu o velho, incomodado com a exaltação da filha. — Não fales assim tão alto...Tranquiliza-te; eles nunca saberão de nada. O mais breve que puder ser deixaremos esta terra; amanhã mesmo, se for possível. Embarcaremos em qualquer paquete e iremos para bem longe, para os Estados Unidos, por exemplo. Lá, segundo me consta, poderemos ficar fora do alcance de qualquer perseguição. Eu, com o meu trabalho, e tu, com as tuas prendas e habilitações, podemos viver sem sofrer necessidades em qualquer canto do mundo.

— Ah! Meu pai! Essa ideia de irmos para tão longe, sem esperança de um dia podermos voltar, me oprime o coração.

— Que remédio, minha filha!... Já agora, ainda que tenhamos de ir parar no fim do mundo, nos é forçoso fugir às garras do monstro.

— Mas esse moço, que tanto se interessa por nós, o senhor Álvaro, nobre e generoso como é, sabendo da minha verdadeira condição e das terríveis circunstâncias que nos obrigam a andar assim fugitivos e disfarçados pelo mundo, talvez queira e possa nos amparar e valer contra as perseguições...[1]

— E quem nos afiança isso?... O mais certo é ele entregar-te ao desprezo logo que saiba que não passas de uma escrava fugida, se, despeitado com o logro que levou, não for o primeiro a denunciar-te à polícia. No transe em que nos achamos, é de absoluta necessidade enganar a ele e a todos; se revelarmos a quem quer que seja o segredo de nossa posição, estamos perdidos. Toma coragem e vamos ao baile, minha filha; é um sacrifício cruel, mas passageiro, a que devemos nos sujeitar a bem de nossa segurança. Em breve estaremos longe, e, se algum dia souberem quem tu eras, que nos importa? Nunca mais nos verão o rosto, nem ouvirão nossos nomes. Tens a consciência escrupulosa em demasia. Se ignoram quem tu és, a tua companhia em nada os pode infamar. Com isso não fazes mal a ninguém; é uma medida de salvação, que todos te perdoariam.

— Meu pai parece que tem razão, mas não sei por quê, repugna-me absolutamente ao coração dar esse passo.

---

1 Isaura alimenta esperanças de que Álvaro seja o herói romântico, capaz de salvá-la de seus tormentos.

— Mas é preciso dá-lo, minha filha, se não queres para nós ambos a desgraça e a morte. Se não formos a esse baile e desaparecermos de um dia para outro, como nos é forçoso, então as suspeitas que começamos a despertar tomarão muito maior vulto, e a polícia pôr-se-á à nossa pista e nos perseguirá por toda parte. É um sacrifício na verdade, mas não será ele muito mais suave do que as perseguições da polícia, a prisão, as torturas e a morte, que é o que podes esperar em casa de teu senhor?...[1]

Isaura não respondeu; seu espírito agitava-se entre as mais pungentes e amargas reflexões.

As palavras de seu pai a tinham abismado em glacial e profundo desalento. Aturdida por tantos golpes, sua alma debatia-se em um mar de dúvidas e perplexidades, como frágil barca em meio de um oceano irritado, sacudida aos boléus por vagalhões desencontrados.

O grito de sua consciência escrupulosa e delicada, a lisura e sinceridade de seu coração, que não podia acomodar-se com o embuste e a mentira, e uma espécie de vago pressentimento que lhe pesava sobre o espírito a desviavam daquele baile, e por momentos pareciam fixar definitivamente a sua resolução; e firme nesse propósito dizia consigo mesma: "Não, não irei".[2]

Por outro lado as considerações de seu pai, que pareciam tão razoáveis, bem como o desejo de ver Álvaro ainda uma vez, de gozar por algumas horas a sua presença, faziam-lhe de novo flutuar o espírito no mar das irresoluções. A lembrança de que em breve, talvez no dia seguinte, tinha de deixar aquela terra e separar-se de Álvaro, sem esperança alguma de jamais tornar a vê-lo, sem poder dizer-lhe um adeus, sem que ele pudesse saber quem ela era, nem para onde ia, dilacerava-lhe o coração. Partir sem ter um ente a quem apertar nos braços na hora da despedida, nem ter um seio onde verter as lágrimas da mais pungente saudade; partir para levar uma vida errante e fugitiva, sem esperança nem consolação alguma, através de mil trabalhos e perigos, para terminá-la talvez entre os tormentos da mais atroz escravidão, oh!... Isso era pavoroso! E, entretanto, era esse o único futuro que a pobre Isaura tinha diante dos olhos. Mas não; tinha ainda diante de si uma noite inteira de prazer e de ventura, uma noite esplêndida de baile e regozijo de seu amante, respirando o mesmo ar, inebriando-se de sua voz, bebendo o seu hálito, recolhendo dentro da alma seus olhares apaixonados, sentindo na sua a pressão daquela mão adorada, contando as pulsações daquele coração que só por ela palpitava. Oh! Uma noite assim valia bem uma eternidade, viessem depois embora as angústias e perigos, a escravidão e a morte!

Cândida e modesta como era, nem por isso Isaura deixava de ter consciência do quanto valia. Vendo-se o objeto do amor de um jovem de espírito elevado e dotado de tão nobres e brilhantes qualidades como Álvaro, ainda mais se confirmou na ideia que de si mesma fazia.

---

1 Note os argumentos "bem realistas" do pai de Isaura.

2 Observe que Isaura tem um mau pressentimento, mas acaba por não lhe dar atenção.

Com sua natural perspicácia e penetração, bem depressa convenceu-se de que o afeto que o mancebo lhe consagrava não era simples e superficial homenagem rendida a seus encantos e talentos, nem tampouco passageiro capricho de mocidade, mas verdadeira paixão, sincera, enérgica e profunda. Era isso para ela motivo de um orgulho íntimo, que a elevava a seus próprios olhos e por momentos a fazia esquecer-se que era uma escrava.

"Estou convencida de que sou digna do amor de Álvaro, se não ele não me amaria;[1] e, se sou digna de seu amor, por que não o serei de me apresentar no seio da mais brilhante sociedade? A perversidade dos homens pode acaso destruir o que há de bom e de belo na feitura do Criador?", assim refletia Isaura, e, exaltada com essas ideias e com a sedutora perspectiva de algumas horas de inefável ventura em companhia do amante, exclamava dentro da alma: "Hei de ir, hei de ir ao baile!"

Enquanto Isaura, silenciosa e com a face na mão, se embebia em suas cismas, procurando firmar-se em uma resolução, o pai, não menos inquieto e preocupado, passeava distraído entre os canteiros do jardim, aguardando com ansiedade uma resposta definitiva de sua filha.

— Irei, meu pai, irei ao baile — disse ela por fim levantando-se. — Mas vou preparar-me para ele como a vítima que tem de ser conduzida ao sacrifício entre cânticos e flores. Tenho um cruel pressentimento, que me acabrunha...

— Pressentimento de quê, Isaura?...

— Não sei, meu pai; de alguma desgraça.

— Pois quanto a mim, Isaura, o coração como que está-me adivinhando que de ir a esse baile resultará a nossa salvação.[2]

Capítulo 13

Não pense o leitor que já se acha terminado o baile a que estávamos assistindo. A pequena digressão, que por fora dele fizemos no capítulo antecedente, nos pareceu necessária para explicar por que conjunto de circunstâncias fatais a nossa heroína, sendo uma escrava, foi impelida a tomar a audaciosa resolução de apresentar-se em um esplêndido e aristocrático sarau — fraqueza de coração, ou timidez de caráter, que pode ser desculpada, mas não plenamente justificada em uma pessoa de consciência tão delicada e de tão esclarecido entendimento.

O baile continua, mas já não tão animado e festivo como ao princípio. Os aplausos frenéticos, a admiração geral, de que Isaura se havia tornado objeto da parte dos cavalheiros, tinham produzido um completo resfriamento entre as mais belas e espirituosas damas da reunião. Arrufadas com seus cavalheiros prediletos, em razão das entusiásticas homenagens que francamente iam render aos pés daquela que implicitamente

1 Isaura passa a ter maior autoestima na medida em que o homem amado a valoriza.

2 O narrador cria suspense nesse momento, despertando expectativa no leitor para o que vai acontecer, conforme ocorreu nas páginas 43 e 50.

estavam proclamando a rainha do salão, já nem ao menos queriam dançar, e, em vez de risos folgazões e de uma conversação franca e jovial, só se ouviam pelos cantos entre diversos grupos expansões misteriosamente sussurradas e cochichos segredados entre amarelas e sarcásticas risotas.

Propagava-se entre as moças como que um sussurro geral de descontentamento. Era como esses rumores surdos e profundos, que restrugem ao longe pelo espaço, precedendo uma grande tempestade. Dir-se-ia que já estavam adivinhando que aquela mulher, que por seus encantos e dotes incomparáveis as estava suplantando a todas, não era mais do que uma escrava. Muitas mesmo se foram retirando, nomeadamente aquelas que afagavam alguma esperança ou se julgavam com algum direito sobre o coração de Álvaro. Aniquiladas sob o peso dos esmagadores triunfos de Isaura, não se achando com ânimo de manterem-se por mais tempo na liça, tomaram o prudente partido de irem esconder no misterioso recinto das alcovas o despeito e a vergonha de tão cruel e solene derrota.

Não diremos, todavia, que no meio de tantas e tão nobres damas, distintas pelos encantos do espírito e do corpo, não houvesse muitas que, com toda a isenção e sem a menor sombra de inveja, admirassem a beleza de Isaura e aplaudissem de coração e com sincero prazer os seus triunfos, e foram essas que conseguiram ir dando alguma vida ao sarau, que sem elas teria esmorecido inteiramente. Todavia não é menos certo que do belo sexo, sem distinção de classes, ao menos a metade é ludíbrio dessas invejas, ciúmes e rivalidades mesquinhas.[1]

Deixamos Isaura indo tomar parte em uma quadrilha, tendo Álvaro por seu par. Enquanto dançam, entremos em uma saleta, onde há mesas de jogo e bufetes guarnecidos de licoreiras, de garrafas de cerveja e champanha. Essa saleta comunica imediatamente com o salão onde se dança por uma larga porta aberta. Acham-se aí uma meia dúzia de rapazes, pela maior parte estudantes, desses com pretensões a estroinas e excêntricos à Byron[2] e que, já enfastiados da sociedade, dos prazeres e das mulheres, costumam dizer que não trocariam uma fumaça de charuto, ou um copo de champanha, pelo mais fagueiro sorriso da mais formosa donzela; desses descridos, que vivem a apregoar em prosa e verso que na aurora da vida já têm o coração mirrado pelo sopro do ceticismo, ou calcinado pelo fogo das paixões, ou enregelado pela saciedade; desses misantropos, enfim, cheios de esplim[3], que se acham sempre no meio de todos os bailes e reuniões de toda espécie, alardeando o seu afastamento e desdém pelos prazeres da sociedade e frivolidades da vida.

Entre eles acha-se um, sobre o qual nos é mister deter por mais um pouco a atenção, visto que tem de tomar parte um tanto ativa nos acontecimentos desta história. Este nada tem de esplinético nem de byroniano; pelo contrário, o seu todo respira o mais chato e ignóbil prosaísmo. Mostra ser mais velho que os seus comparsas uma boa dezena de anos.

---

1 Note a crítica que o narrador faz às mulheres.

2 Lorde Byron (1788-1824), célebre poeta romântico inglês cuja vida aventureira influenciou os jovens de muitos países no século XIX.

3 Grafia aportuguesada da palavra inglesa *spleen*, que significa "tédio", "melancolia".

Tem cabeça grande, cara larga e feições grosseiras. A testa é desmesuradamente ampla e estofada de enormes protuberâncias, o que, na opinião de Lavater[1], é indício de espírito lerdo e acanhado a roçar pela estupidez. O todo da fisionomia tosca e quase grotesca revela instintos ignóbeis, muito egoísmo e baixeza de caráter. O que, porém, mais o caracteriza é certo espírito de cobiça e de sórdida ganância, que lhe transpira em todas as palavras, em todos os atos e principalmente no fundo de seus olhos pardos e pequeninos, onde reluz constantemente um raio de velhacaria. É estudante, mas, pelo desalinho do trajo, sem o menor esmero e nem sombra de elegância, parece mais um vendilhão. Estudava há quinze anos à sua própria custa, mantendo-se do rendimento de uma taverna, de que era sócio capitalista. Chama-se Martinho.[2]

— Rapaziada — disse um dos mancebos —, vamos nós aqui a uma partida de lansquenê, enquanto esses basbaques ali estão a arrastar os pés e a fazer mesuras.

— Justo! — exclamou outro, sentando-se a uma mesa e tomando baralhos. — Já que não temos coisa melhor a fazer, vamos às cartas. Demais, no baralho é que está a vida. A vista de uma sota me faz às vezes estremecer o coração em emoções mais vivas do que as sentiria Romeu a um olhar de Julieta... Afonso, Alberto, Martinho, andem para cá; vamos ao lansquenê; duas ou três corridas somente...

— De boa vontade aceitaria o convite — respondeu Martinho —, se não andasse ocupado com um outro jogo, que de um momento para outro, e sem nada arriscar, pode meter-me na algibeira não menos de cinco contos de réis limpinhos.

— De que diabo de jogo estás aí a falar?... Nunca deixarás de ser maluco?... Deixa-te de asneiras, e vamos ao lansquenê.

— Quem tem um jogo seguro, como eu tenho, há de ir meter-se nos azares do lansquenê, que já me tem engolido bem boas patacas?... Nem tão tolo serei eu.

— Com mil diabos, Martinho!... Então não te explicarás?... Que maldito jogo é esse?...

— Ora, adivinhem lá... Não são capazes. É uma bisca de estrondo. Se adivinharem, dou-lhes uma ceia esplêndida no melhor hotel desta cidade; bem entendido, se encartar a minha bisca.

— Dessa ceia estamos nós bem livres, pobre comedor de bacalhau ardido[3], porque não é possível haver quem adivinhe as asneiras que passam lá por esses teus miolos extravagantes. O que queremos é o teu dinheiro aqui sobre a mesa do lansquenê.

— Ora, deixem-me em paz — disse Martinho, com os olhos atentamente dirigidos para o salão de dança. — Estou calculando o meu jogo... Suponham que é o xadrez e que eu vou dar xeque-mate à rainha... Dito e feito, e os cinco contos são meus...

— Não há dúvida, o rapaz está doido varrido... Anda lá, Martinho; descobre o teu jogo, ou vai-te embora, e não nos estejas a maçar a paciência com tuas maluquices.

---

1 Johann Lavater (1741-1801), filósofo suíço que pretendeu descrever as características morais das pessoas pelos traços fisionômicos.

2 Note que, na descrição de Martinho, todas as características são inferiores, até sua condição social.

3 Mais um dado a acrescentar à condição social do personagem: é comedor de bacalhau, naquela época uma comida popular.

— Malucos são vocês. O meu jogo é este... Mas quanto me dão para descobri-lo? Olhem que é coisa curiosa.

— Queres nos atiçar a curiosidade para nos chuchar alguns cobres, não é assim?... Pois desta vez afianço-te da minha parte que não arranjas nada. Vai-te aos diabos com o teu jogo e deixa-nos cá com o nosso. Às cartas, meus amigos, e deixemos o Martinho com suas maluquices.

— Com suas velhacarias, dirás tu... Não me pilha.

— Ah! Toleirões! — exclamou o Martinho. — Vocês ainda estão sem os beiços com que mamaram. Andem cá, andem, e verão se é maluquice, nem velhacaria. Enfim quero mostrar-lhes o meu jogo, porque desejo ver se a opinião de vocês estará ou não de acordo com a minha. Eis aqui a minha bisca — concluiu Martinho mostrando um papel que sacou da algibeira. — Não é nada mais que um anúncio de escravo fugido.

— Ah! Ah! Ah! Esta não é má!...

— Que disparate!... Decididamente estás louco, meu Martinho.

— A que propósito vem agora anúncio de escravo fugido?...

— Foste acaso nomeado oficial de justiça ou capitão-do-mato[1]?

Estas e outras frases escapavam aos mancebos de envolta, em um coro de intermináveis gargalhadas, que competiam com a orquestra do baile.

— Não sei de que tanto se espantam — replicou frescamente o Martinho. — O que admira é que ainda não vissem este grande anúncio em avulso, que veio do Rio de Janeiro, e foi distribuído por toda a cidade com o *Jornal do Comércio*.

— Porventura somos esbirros ou oficiais de justiça, para nos embaraçarmos com semelhantes anúncios?

— Mas olhem que o negócio é dos mais curiosos, e as alvíssaras não são para se desprezar.

— Pobre Martinho! Quanto pode em teu espírito a ganância de ouro, que te faz andar à cata de escravos fugidos em uma sala de baile! Pois é aqui que poderás encontrar semelhante gente?...

— Olé... Quem sabe?!... Tenho cá meus motivos para desconfiar que por aqui mesmo hei de achá-la, assim como os cinco continhos, que, aqui entre nós, vêm agora mesmo ao pintar, pois que o armazém de meu sócio bem pouco tem rendido nestes últimos tempos.[2]

Martinho chamava armazém à pequena taverna de que era sócio. Ditas aquelas palavras foi postar-se junto à porta que dava para o salão, e ali ficou por largo tempo a olhar, ora para os que dançavam, ora para o anúncio que tinha desdobrado na mão, como quem averigua e confronta os sinais.

— Que diabo faz ali o Martinho? — exclamou um dos mancebos, que, entretidos com as mímicas do Martinho, tomando-as por palhaçadas, tinham se esquecido de jogar.

1 O mesmo que "caçador de escravos".

2 Note que o clima de suspense aumenta à medida que o escravo do anúncio bem pode ser Isaura.

— Está doido, não resta a menor dúvida — observou outro. — Procurar escravo fugido em uma sala de baile!... Ora não faltava mais nada! Se andasse à cata de alguma princesa, decerto a iria procurar nos quilombos.

— Mas talvez seja algum pajem, ou alguma mucama, que por aí anda.

— Não me consta que haja nenhum pajem nem mucama ali dançando, e ele não tira os olhos dos que dançam.

— Deixá-lo; esse rapaz, além de ser um vil traficante, sempre foi um maníaco de primeira força.

— É ela! — disse o Martinho, deixando a porta e voltando-se para seus companheiros. — É ela; já não tenho a menor dúvida; é ela, e está segura.[1]

— Ela quem, Martinho?...

— Ora! Pois quem mais há de ser?...

— A escrava fugida?!...

— A escrava fugida, sim, senhores!... E ela está ali dançando.

— Ah! Ah! Ah! Ora, vamos ver mais esta, Martinho!... Até onde queres levar a tua farsa? Deve ser galante o desfecho. Isso é impagável, e vale mais que quantos bailes há no mundo. Se todos eles tivessem um episódio assim, eu não perdia nem um. — Assim clamavam os moços entre estrondosas gargalhadas.

— Vocês zombam? — olhem que a farsa cheira um pouco a tragédia.

— Melhor! Melhor! — vamos com isso, Martinho!

— Não acreditam?... Pois escutem lá, e depois me dirão que tal é a farsa.

Dizendo isto, Martinho sentou-se em uma cadeira e, desdobrando o anúncio, pôs-se em atitude de lê-lo. Os outros se agruparam curiosos em torno dele.

— Escutem bem — continuou Martinho. — Cinco contos! Eis o título pomposo, que em eloquentes e graúdos algarismos se acha no frontispício desta obra imortal, que vale mais que a *Ilíada*[2] de Camões...

— E que *Os lusíadas* de Homero, não é assim, Martinho? Deixa-te de preâmbulos asnáticos e vamos ao anúncio.

— Eu já lhes satisfaço — disse Martinho, e continuou lendo: — "Fugiu da fazenda do senhor Leôncio Gomes da Fonseca, no município de Campos, província do Rio de Janeiro, uma escrava por nome Isaura, cujos sinais são os seguintes: cor clara e tez delicada como de qualquer branca; olhos pretos e grandes; cabelos da mesma cor, compridos e ligeiramente ondeados; boca pequena, rosada e bem-feita; dentes alvos e bem-dispostos; nariz saliente e bem-talhado; cintura delgada, talhe esbelto e estatura regular; tem na face esquerda um pequeno sinal preto, e acima do seio direito um sinal de queimadura, mui semelhante a uma asa de borboleta. Traja-se com gosto e elegância, canta e toca piano com perfeição. Como teve excelente educação e tem uma boa figura, pode passar em

---

1 Aqui há quase uma confirmação de que algo ruim irá acontecer a Isaura, como ela já havia pressentido (reveja nota 2 da página 76).

2 Poema épico de Homero e não de Camões, que é o autor de *Os lusíadas*. Nessa passagem, o autor destaca a ignorância de Martinho, que confunde Camões com Homero.

qualquer parte por uma senhora livre e de boa sociedade. Fugiu em companhia de um português, por nome Miguel, que se diz seu pai. É natural que tenham mudado o nome. Quem a apreender e levar ao dito seu senhor, além de se lhe satisfazerem todas as despesas, receberá a gratificação de 5:000$000."

— Deveras, Martinho? — exclamou um dos ouvintes. — Está nesse papel o que acabo de ouvir? Acabas de nos traçar o retrato de Vênus e vens dizer-nos que é uma escrava fugida!...

— Se não querem acreditar ainda, leiam com seus próprios olhos; aqui está o papel...

— Com efeito! — acrescentou outro. — Uma escrava assim vale a pena apreendê-la, mais pelo que vale em si do que pelos cinco contos. Se eu a pilho, nenhuma vontade teria de entregá-la ao seu senhor.

— Já não me admira que o Martinho a procure aqui; uma criatura tão perfeita só se pode encontrar nos palácios dos príncipes.

— Ou no reino das fadas; e, pelos sinais e indícios, estou vendo que não pode ser outra senão essa nova divindade que hoje apareceu...

— Sem mais nem menos; deu no vinte — atalhou Martinho, e, chamando-os para junto da porta: — Agora venham cá — continuou — e reparem naquela bonita moça que dança de par com Álvaro. Pobre Álvaro, como está cheio de si! Se soubesse com quem dança, caía-lhe a cara aos pés. Reparem bem, meus senhores, e vejam se não combinam perfeitamente os sinais?...

— Perfeitamente! — acudiu um dos moços. — É extraordinário! Lá vejo o sinalzinho na face esquerda, e que lhe dá infinita graça. Se tiver a tal asa de borboleta sobre o seio, não pode haver mais dúvida. Ó céus! É possível que uma moça tão linda seja uma escrava?

— E que tenha a audácia de apresentar-se em um baile destes? — acrescentou outro. — Ainda não posso capacitar-me.

— Pois, cá para mim — disse o Martinho —, o negócio é líquido, assim como os cinco contos, que me parece estarem já me cantando na algibeira; e até logo, meus caros.

E dizendo isso dobrou cuidadosamente o anúncio, meteu-o na algibeira, e, esfregando as mãos com cínico contentamento, tomou o chapéu e retirou-se.

— Forte miserável... — disse um dos comparsas. — Que vil ganância de ouro a desse Martinho! Estou vendo que é capaz de fazer prender aquela moça aqui mesmo em pleno baile.

— Por cinco contos é capaz de todas as infâmias do mundo. Tão vil criatura é um desdouro para a classe a que pertencemos; devemos todos conspirar para expeli-lo da Academia. Cinco contos daria eu para ser escravo daquela rara formosura.

— É assombroso! Quem diria que debaixo daquela figura de anjo estaria oculta uma escrava fugida!

— E também quem nos diz que no corpo da escrava não se acha asilada uma alma de anjo?...[1]

1 Os comentários confirmam a ideia já desenvolvida na história de que Isaura não merece ser escrava.

CAPÍTULO 14

Havia terminado a quadrilha. Álvaro, ufano e cheio de júbilo, conduzia o seu formoso par através da multidão, através de uma viva fuzilaria de olhares de inveja e de admiração, que se cruzavam em sua passagem; a pretexto de oferecer-lhe algum refresco, a foi levando para uma sala dos fundos, que se achava quase deserta. Até ali ainda ele não havia feito a Elvira uma declaração de amor em termos positivos, se bem que esse amor se estivesse revelando a cada instante, e cada vez mais ardente e apaixonado, em seus olhos, em suas palavras, em todos os seus movimentos e ações. Álvaro julgava já ter adquirido completo conhecimento do coração de sua amada e, nos dois meses durante os quais a havia estudado, não havia descoberto nela senão novos encantos e perfeições. Estava plenamente convencido de que, de todas as formosuras que até ali tinha conhecido, Elvira era em tudo a mais digna de seu amor, e já nem por sombras duvidava da pureza de sua alma, da sinceridade do seu afeto. Pensava portanto que, sem receio algum de comprometer o seu futuro, podia abandonar o coração ao império daquela paixão, que já não podia dominar. Quanto à origem e procedência de Elvira era coisa de que nem de leve se preocupava e nunca se lembrou de indagar. A distinção de classes repugnava a seus princípios e sentimentos filantrópicos. Fosse ela uma princesa que o destino obrigava a andar foragida ou tivesse o berço na palhoça de algum pobre pescador, isso lhe era indiferente. Conhecia-a em si mesma, sabia que era uma das criaturas mais perfeitas e adoráveis que se pode encontrar sobre a Terra, e era quanto lhe bastava.

Observava Álvaro em seus costumes, como já sabemos, a severidade de um *quaker*, e seria incapaz de abusar do amor que havia inspirado à formosa desconhecida, aninhando em seu espírito um pensamento de sedução.

Naquela noite, pois, o apaixonado mancebo, rendido e deslumbrado mais que nunca pelos novos encantos e atrativos que Elvira alardeava entre os esplendores do baile, não pôde e nem quis dilatar por mais tempo a declaração, que a cada instante lhe ardia nos olhos e esvoaçava pelos lábios, e apenas achou-se em lugar onde pudesse não ser ouvido senão de Elvira:

— Dona Elvira — lhe disse com voz grave e comovida —, se a senhora é um anjo em sua casa, nos salões do baile é uma deusa. O meu coração há muito já lhe pertence; sinto que o meu destino de hoje em diante depende só da senhora. Funesta ou propícia, a senhora será sempre a minha estrela nos caminhos da vida. Creio que me conhece bastante para acreditar na sinceridade de minhas palavras. Sou senhor de uma fortuna considerável; tenho posição honrosa e respeitável na sociedade; mas não poderia jamais ser feliz se a senhora não consentir em partilhar comigo esses bens que a fortuna prodigalizou-me.[1]

Essas palavras de Álvaro, tão meigas, tão repassadas do mais sincero e profundo amor, que em outras condições teriam caído como bálsamo celeste sobre o coração de Isaura a banhá-lo em inefáveis eflúvios de ventura, eram agora para ela como um atroz e

1 Repare o jeito romântico de Álvaro pedir Isaura em casamento.

pungente sarcasmo do destino, um hino do céu ouvido entre as torturas do inferno. Via de um lado um anjo, que, tomando-a pela mão com um suave sorriso, mostrava-lhe um éden de delícias, ao qual se esforçava por conduzi-la, enquanto de outro lado a hedionda figura de um demônio atava-lhe ao pé um pesado grilhão e com todo o seu peso a arrastava para um gólfão de eternos sofrimentos.[1]

É que a pobre Isaura, cheia de sustos e desconfianças, durante uma pausa tinha notado os movimentos do infame Martinho quando, encostado ao umbral da saleta com um papel na mão, parecia examiná-la com a mais minuciosa atenção. Aquela vista produziu nela o efeito de um raio; não duvidou mais que estava descoberta e irremissivelmente perdida para sempre. Súbita vertigem lhe escureceu os olhos, pareceu-lhe que o chão lhe faltava debaixo dos pés e que ia sendo tragada pelas fauces de um abismo imensurável. Para não cair, foi-lhe preciso agarrar-se fortemente com ambas as mãos ao braço de Álvaro, arrimando-se em seu peito.

— Que tem, minha senhora? — perguntara-lhe este, assustado. — Está incomodada?...

— Algum tanto — respondeu Elvira com voz desfalecida e arquejante, e reanimando-se pouco a pouco. — Foi uma dor aguda... Uma pontada deste lado... Mas vai passando... Não estou acostumada com esse aperto... O remoinhar da dança me fez mal.

— Mas há de acostumar-se em pouco tempo — replicou-lhe Álvaro, segurando-lhe uma das mãos e sustendo-a com um braço pela cintura. — A senhora nasceu para brilhar nos salões... Mas, se quer retirar-se...

— Não, senhor; continuemos; já agora estamos na final...

Com essas respostas evasivas Álvaro tranquilizou-se, e, em razão dos movimentos rápidos da quadrilha na marca final que imediatamente seguiu-se, não pôde notar a extrema palidez e profundo transtorno das feições de Elvira. A infeliz já não dançava, arrastava-se automaticamente pela sala; seu espírito não estava ali, não ouvia nem via outra coisa senão a figura repugnante do Martinho, postada como esfinge ameaçadora junto à porta da saleta, para a qual ela volvia de quando em quando olhos cheios de ansiedade e pavor. E o sangue todo lhe refluía ao coração, que lhe tremia como o da pomba que sente estendida sobre o colo a garra desapiedada do gavião.

Em tal estado de susto e perturbação, Isaura não atinava com o que devia responder àquela tão sincera e apaixonada declaração do mancebo. Guardou silêncio por alguns instantes, o que Álvaro interpretou por timidez ou emoção.

— Não me quer responder? — continuou com voz meiga. — Uma só palavra é bastante...

— Ah! Senhor — murmurou ela suspirando —, o que posso eu responder às doces palavras que acabo de ouvir de sua boca? Elas me encantam, mas...

Elvira interrompeu-se bruscamente; um súbito estremecimento agitando o braço de Álvaro o fez olhar para ela com sobressalto e inquietação.

---

1 Observe a metáfora sobre a condição da escravidão.

— É ele!... — este som sussurrou-lhe pelos lábios como um gemido rouco e convulsivo; acabava de avistar Martinho, entrando na sala em que se achavam, e sentiu mortal calafrio percorrer-lhe todo o corpo. — Desculpe-me, senhor — continuou ela —, não é possível por hoje ouvir suas doces palavras; sinto-me mal; preciso retirar-me. Se o senhor tivesse a bondade de levar-me onde está meu pai...

— Por que não, dona Elvira?... Mas oh!... Como está pálida!... Está sofrendo muito, não é assim?... Quer que eu a acompanhe?... Que lhe chame um médico?... Aqui mesmo os há...

— Obrigada, senhor Álvaro; não se inquiete; isto é um mal passageiro, cansaço talvez; em chegando a casa, ficarei boa.

— E quer então retirar-se sem me deixar uma só palavra de consolação e de esperança?...

— De consolação talvez, mas de esperança...

— Por que não?

— Se nem eu mesma posso tê-la...

— Então não me ama...

— Amo-o muito.

— Então será minha...

— Isso é impossível...

— Impossível!... Que obstáculo pode haver?...

— Não sei dizer-lhe, senhor; minha desgraça.

Essa amorosa confidência, no momento em que se achava no ponto mais interessante, foi bruscamente interrompida pela presença de Martinho, que se lhes atravessou pela frente, fazendo uma profunda reverência. Álvaro indignado carregou o sobrolho e esteve a ponto de enxotar o importuno, como quem enxota um cão. Elvira estacou como que petrificada de pavor.

— Senhor Álvaro — disse-lhe respeitosamente o Martinho —, com a permissão de vossa senhoria, preciso dizer duas palavras a esta senhora, a quem vossa senhoria dá o braço.

— A esta senhora! — exclamou maravilhado o cavalheiro. — Que tem o senhor que ver com esta senhora?

— Negócio de suma importância; ela bem o sabe, melhor do que eu e o senhor.

Álvaro, que bem conhecia o Martinho e sabia quanto era abjeto e desprezível, julgando ser aquilo manobra de algum rival invejoso e covarde, que se servia daquele miserável para ultrajá-lo ou expô-lo ao ridículo, teve um assomo de indignação, mas, contendo-se por um momento:

— Tem a senhora algum negócio com este homem? — perguntou a Elvira.

— Eu?!... Nenhum, por certo; nem mesmo o conheço — balbuciou a moça, pálida e a tremer.

— Mas, meu Deus! Dona Elvira, por que treme assim? Como está pálida!... Maldito importuno, que assim a faz sofrer!... Oh! Pelo céu, dona Elvira, não se assuste assim. Aqui estou eu a seu lado, e ai daquele que ousar ultrajar-nos!

— Ninguém quer ultrajá-los, senhor Álvaro — replicou o Martinho. — Mas o negócio é mais sério do que o senhor pensa.

— Enfim, senhor Martinho, deixe-se de rodeios e diga-nos aqui mesmo o que quer com esta senhora.

— Posso dizê-lo; mas seria melhor que vossa senhoria o ignorasse.

— Oh! Temos mistério!... Pois nesse caso declaro-lhe que não abandonarei esta senhora um só instante e, se o senhor não quer dizer ao que veio, pode retirar-se.

— Nessa não caio eu, que não hei de perder o meu tempo, e o meu trabalho, e nem os meus cinco contos. — Estas últimas palavras resmungou-as ele entre os dentes.

— Senhor Martinho, por favor queira não abusar mais da minha paciência. Se não quer dizer ao que veio, ponha-se já longe da minha presença...

— Oh! Senhor! — retorquiu Martinho, sem se perturbar. — Já que a isso me força, pouco me custa fazer-lhe a vontade, e com bastante pesar tenho de declarar-lhe que esta senhora a quem dá o braço é uma escrava fugida!...

Álvaro, se bem que conhecesse a vilania e impudência do caráter de Martinho, no primeiro momento ficou pasmo ao ouvir aquela súbita e imprevista delação. Não podia dar-lhe crédito e, refletindo um instante, confirmou-se mais na ideia de que tudo aquilo não passava de uma farsa posta em jogo por algum indigno rival, com o fim de desgostá-lo ou insultá-lo. A pessoa do Martinho, que, não poucas vezes, na qualidade de truão ou palhaço, servia de instrumento às vinganças e paixões mesquinhas de entes tão ignóbeis como ele, servia para justificar a desconfiança de Álvaro, que acabou por não sentir senão asco e indignação por tão infame procedimento.

— Senhor Martinho — bradou ele com voz severa —, se alguém pagou-lhe para vir achincalhar-me a mim e a esta senhora, diga quanto ganha, que estou pronto a dar-lhe o dobro para nos deixar em paz.

A essa sanguinolenta afronta, a larga e impudente cara do Martinho nem de leve se alterou, e por única resposta:

— Torno a repetir — bradou com todo o descaramento —, e em voz bem alta, para que todos ouçam: esta senhora que aqui se acha é uma escrava fugida, e eu estou encarregado de apreendê-la e entregá-la a seu senhor.

Entretanto Isaura, avistando seu pai, que também a procurava por toda a parte com os olhos, largando o braço de Álvaro, correu a ele, lançou-se-lhe nos braços, e escondendo o rosto em seu ombro:

— Que opróbrio, meu pai! — exclamou com voz sumida e a soluçar. — Eu bem estava pressentindo!...[1]

— Este homem, se não é um insolente, ou está louco ou bêbado — bradava Álvaro pálido de cólera. — Em todo o caso deve ser enxotado como indigno desta sociedade.

Já alguns amigos de Álvaro, agarrando o Martinho pelo braço, se dispunham a pô-lo pela porta afora, como a um ébrio ou alienado.

1 O pressentimento de Isaura (nota 2, página 76) se confirma.

— Devagar, meus amigos, devagar!... — disse-lhes ele com toda a calma. — Não me condenem sem primeiro ouvirem-me. Escutem primeiro este anúncio que lhes vou ler, e, se não for verdade o que eu digo, dou-lhes licença para me cuspirem na cara e me atirarem da janela abaixo.

Entretanto essa pequena altercação começava a atrair a atenção geral, e numerosos grupos movidos de curiosidade se apinhavam em torno dos contendores. A frase fatal — "esta senhora é uma escrava!" — proferida em voz alta por Martinho, transmitida de grupo em grupo, de ouvido em ouvido, já havia circulado com incrível celeridade por todas as salas e recantos do espaçoso edifício. Um sussurro geral se propagara por todo ele, e damas e cavalheiros, e tudo o que ali se achava, inclusive músicos, porteiros e fâmulos, atropelando-se uns aos outros, arrojavam-se afanosos para a sala, onde se dava o singular incidente que estamos relatando. A sala estava literalmente apinhada de gente, que afiava o ouvido e alongava o pescoço o mais que podia para ver e ouvir o que se passava.

Foi no meio dessa multidão silenciosa, imóvel, estupefata e anelante que Martinho, sacando tranquilamente da algibeira o anúncio, que nós já conhecemos, desdobrou-o ante seus olhos, e em voz bem alta e sonora o leu de princípio a fim.

— Bem se vê — continuou ele concluída a leitura — que os sinais combinam perfeitamente, e só um cego não verá naquela senhora a escrava do anúncio. Mas, para tirar toda a dúvida, só resta examinar se ela tem o tal sinal de queimadura acima do seio, e é coisa que desde já se pode averiguar com licença da senhora.

Dizendo isso, Martinho com impudente desembaraço se encaminhava para Isaura.

— Alto lá, vil esbirro!... — bradou Álvaro com força, e, agarrando o Martinho pelo braço, o arrojou para longe de Isaura, e o teria lançado em terra se ele não fosse esbarrar de encontro ao grupo que cada vez mais se apertava em torno deles. — Alto lá! Nem tanto desembaraço! Escrava, ou não, tu não lhe deitarás as mãos imundas.[1]

Aniquilada de dor e de vergonha, Isaura, erguendo enfim o rosto, que até ali tivera sempre debruçado e escondido sobre o seio de seu pai, voltou-se para os circunstantes, e ajuntando as mãos convulsas no gesto da mais violenta agitação:

— Não é preciso que me toquem — exclamou com voz angustiada. — Meus senhores e senhoras, perdão! Cometi uma infâmia, uma indignidade imperdoável!... Mas Deus me é testemunha, que uma cruel fatalidade a isso me levou. Senhores, o que esse homem diz é verdade. Eu sou... uma escrava!...

O rosto da cativa cobriu-se de lividez cadavérica, como lírio ceifado pendeu-lhe a fronte sobre o seio, e o donoso corpo desabou como bela estátua de mármore, que o furacão arranca do pedestal, e teria rojado pela terra se os braços de Álvaro e de Miguel não tivessem prontamente acudido para amparar-lhe a queda.

Uma escrava!... Essas palavras, soluçadas no peito de Isaura como o estertor do arranco extremo, murmuradas de boca em boca pela multidão estupefata, ecoaram largo tempo pelos vastos salões, como o rugir sinistro das lufadas da noite pela grenha de fúnebre arvoredo.

1 Note a atitude nobre de Álvaro que luta pela amada, apesar de sua condição social.

Esse estranho incidente produziu no sarau o mesmo efeito que faria em um acampamento a explosão de um paiol de pólvora; nos primeiros momentos, susto, pasmo e uma espécie de estertor de angústia; depois, agitação, alarma, movimento e alarido.

Álvaro e Miguel conduziram Isaura desfalecida ao *boudoir*[1] das damas, e aí, ajustados por algumas senhoras compassivas, prestaram-lhe os socorros que o caso reclamava, e não a abandonaram enquanto não recobrou completamente os sentidos. Martinho, inquieto e ressabiado, os seguia e espiava o mais de perto que lhe era possível, com receio de que lhe roubassem a presa.

É impossível descrever a celeuma que se levantou, a agitação que sublevou todos os espíritos, e as diversas e opostas impressões que produziu nos ânimos aquela inesperada revelação. Com que cara ficariam tantas belezas de primeira ordem, tantas damas das mais distintas jerarquias sociais, ao saberem que aquela que as havia suplantado a todas, em formosura, donaire, talentos e graças do espírito, não era mais que uma escrava! Eu mesmo não sei dizer; os leitores que façam ideia. Entretanto em muitas delas o cruel desapontamento por que acabavam de passar não deixava de ser mesclado de um certo contentamento íntimo, mormente naquelas que se sentiam enfadadas pelas deferências e homenagens que certos cavalheiros, tomados de entusiasmo, haviam francamente rendido à gentil desconhecida. Estavam humilhadas, mas também vingadas. Quanto às que tinham esperanças ou pretensões ao amor de Álvaro — e não eram poucas —, essas exultaram de júbilo ao saberem do caso, e o nobre mancebo tornou-se o alvo de mil desapiedados apodos e pilhérias.

— O que me diz do escravo da escrava? — diziam elas. — Com que cara não ficaria o pobre homem!...

— Com a mesma. Decerto vai forrá-la e casar-se com ela. Aquilo é um maluco capaz de todas as asneiras.

— E que mau! Terá ao mesmo tempo mulher e talvez uma boa cozinheira.[2]

Triste consolação! O estigma do cativeiro não podia apagar da bela fronte de Isaura; antes, mais realçava o cunho de superioridade que o sopro divino nela havia gravado em caracteres indeléveis.

Entre os mancebos a impressão era bem diferente. Poucos, bem poucos, deixavam de tomar vivo interesse e compaixão pela sorte da infeliz e formosa escrava. Por todos os cantos falava-se e discutia-se com calor a respeito do caso. Alguns, a despeito da evidência dos indícios e da confissão de Isaura, ainda duvidavam da verdade que tinham diante dos olhos.

— Não; aquela mulher não pode ser uma escrava — diziam eles. — Aqui há algum mistério, que algum dia se desvendará.

— Qual mistério? O caso é muito factível, e ela mesma o confessou. Mas quem será esse bruto e desalmado fazendeiro, que conserva no cativeiro uma tão linda criatura?

---

1 Em francês, saleta reservada às mulheres.

2 Note como as mulheres, à exceção de Isaura, são apresentadas como frívolas e mesquinhas.

— Deve ser algum lorpa de alma bem estúpida e sórdida.

— Se não for algum sultãozinho de bom gosto, que a quer para o seu serralho.

— Seja como for, esse bruto deve ser constrangido a dar-lhe a liberdade. Na senzala uma mulher que merecia sentar-se num trono!...

— Também, só o infame do Martinho, com o seu satânico instinto de cobiça, poderia farejar uma escrava na pessoa daquele anjo! Que impudência! Se o visse agora aqui, era capaz de estrangulá-lo!

Entretanto Martinho, que se havia previamente munido de um mandado de apreensão e se fazia acompanhar de um oficial de justiça, exigia terminantemente que se lhe fizesse entrega de Isaura. Álvaro, porém, interpondo o valimento e prestígio de que gozava, opôs-se decididamente a essa exigência, e, tomando por testemunhas as pessoas que ali se achavam, constituiu-se fiador da escrava, comprometendo-se a entregá-la a seu senhor ou a quem por ordem dele a reclamasse. Em vão Martinho quis insistir; uma multidão de vozes, que o apupavam e cobriam de injúrias, forçou-o a calar-se e desistir de sua pretensão.

— Ah! Malditos! Querem me roubar! — bradava Martinho como um possesso. — Meus cinco contos! Ai! Meus cinco contos! Lá se vão pela água abaixo.

E dizendo isso procurou a escada, e, saltando-a aos dois e três degraus, lá se foi bramindo pela porta afora.

Capítulo 15

Já é passado cerca de um mês depois dos acontecimentos que acabamos de narrar. Isaura e Miguel, graças à valiosa intervenção de Álvaro, continuam a habitar a mesma pequena chácara no Bairro de Santo Antônio. Já não lhes sendo mais possível pensar em fugir para mais longe nem ocultarem-se, ali se conservam por conselho de seu protetor, esperando o resultado dos passos que este se comprometera a dar em favor deles, porém sempre na mais angustiosa inquietação, como Dâmocles[1] tendo sobre a cabeça aguda espada suspensa por um fio.

Álvaro vai quase todos os dias à casa dos dois foragidos, e ali passa longas horas entretendo-os sobre os meios de conseguir a liberdade de sua protegida e procurando confortá-los na esperança de melhor destino.

Para nos inteirarmos do que tem ocorrido desde a fatal noite do baile, ouçamos a conversação que teve lugar em casa de Isaura, entre Álvaro e o seu amigo doutor Geraldo.

Este, na mesma manhã que se seguiu à noite do baile, deixara o Recife e partira para uma vila do interior, onde tinha sido chamado a fim de encarregar-se de uma causa importante. De volta à capital no fim de um mês, um de seus primeiros cuidados foi procurar Álvaro, não só pelo impulso da amizade, como também estimulado pela curiosidade

1 Membro da corte de Dionísio que invejava a felicidade dos tiranos. Para fazê-lo compreender como era frágil essa felicidade, Dionísio ordenou, durante um banquete, que ficasse suspensa sobre a cabeça de Dâmocles uma pesada espada, mantida apenas por um fio de crina de cavalo.

de saber do desenlace que tivera a singular aventura do baile. Não o tendo achado em casa por duas ou três vezes que aí o procurou, presumiu que o meio mais provável de encontrá-lo seria procurá-lo em casa de Isaura, caso ela ainda se achasse no Recife residindo na mesma chácara; não se iludiu.

Álvaro, tendo reconhecido a voz de seu amigo, que, da porta do jardim perguntava por ele, saiu ao seu encontro; mas antes disso, tendo assegurado aos donos da casa que a pessoa que o procurava era um amigo íntimo, em quem depositava toda confiança, pediu-lhes licença para o fazer entrar.

Geraldo foi introduzido em uma pequena sala da frente. Posto que pouco espaçosa e mobiliada com a maior simplicidade, era essa salinha tão fresca, sombria e perfumada, tão cheia de flores desde a porta da entrada, a qual bem como as janelas estava toda entrelaçada de ramos e festões de flores, que mais parecia um caramanchão ou gruta de verdura do que mesmo uma sala. Quase toda a luz lhe vinha pelos fundos através de uma larga porta dando para uma varanda aberta, que olhava para o mar. Dali a vista, enfiando-se por entre troncos de coqueiros, que derramavam sombra e fresquidão em torno da casa, deslizava pela superfície do oceano e ia embeber-se na profundidade de um céu límpido e cheio de fulgores.

Miguel e Isaura, depois de terem cumprimentado o visitante e trocado com ele algumas palavras de mera civilidade, presumindo que queriam estar sós, retiraram-se discretamente para o interior da casa.

— Na verdade, Álvaro — disse o doutor sorrindo-se —, é uma deliciosa morada esta, e não admira que gostes de passar aqui grande parte do teu tempo. Parece mesmo a gruta misteriosa de uma fada. É pena que um maldito nigromante quebrasse de repente o encanto de tua fada, transformando-a em uma simples escrava!

— Ah! Não gracejes, meu doutor; aquela cena extraordinária produziu em meu espírito a mais estranha e dolorosa impressão; porém, francamente te confesso, não mudou senão por instantes a natureza de meus sentimentos para com essa mulher.

— Que me dizes?... A tal ponto chegará a tua excentricidade?!...

— Que queres? A natureza assim me fez. Nos primeiros momentos a vergonha e mesmo uma espécie de raiva me cegaram; vi quase com prazer o transe cruel por que ela passou. Que triste e pungente decepção! Vi em um momento desmoronar-se e desfazer-se em lama o brilhante castelo que minha imaginação com tanto amor tinha erigido!... Uma escrava iludir-me por tanto tempo, e por fim ludibriar-me, expondo-me em face da sociedade à mais humilhante irrisão! Faze ideia de quanto eu ficaria confuso e corrido diante daquelas ilustres damas, com as quais tinha feito ombrear uma escrava em pleno baile, perante a mais distinta e brilhante sociedade!...

— E, o que mais é — acrescentou Geraldo —, uma escrava que as ofuscava a todas por sua rara formosura e brilhantes talentos. Nem de propósito poderias preparar-lhes mais tremenda humilhação. É um crime que nunca te perdoarão, posto que saibam que também andavas iludido.

— Pois bem, Geraldo; eu, que, naquela ocasião, desairado e confuso, não sabia onde esconder a cara, hoje rio e me aplaudo por ter dado ocasião a semelhante aventura.

Parece que Deus de propósito tinha preparado aquela interessante cena para mostrar de um modo palpitante quanto é vã e ridícula toda a distinção que provém do nascimento e da riqueza, e para humilhar até o pó da terra o orgulho e fatuidade dos grandes, e exaltar e enobrecer os humildes de nascimento, mostrando que uma escrava pode valer mais que uma duquesa.[1] Pouco durou aquela primeira e desagradável impressão. Bem depressa a compaixão, a curiosidade, o interesse, que inspira o infortúnio em uma pessoa daquela ordem, e talvez também o amor, que nem com aquele estrondoso escândalo pudera extinguir-se em meu coração, fizeram-me esquecer tudo, e resolvi-me a proteger francamente e a todo o transe a formosa cativa. Apenas consegui que Isaura recobrasse os sentidos, e a vi fora de perigo, corri à casa do chefe de polícia, e, expondo-lhe o caso, graças às relações de amizade que com ele tenho, obtive permissão para que Isaura e seu pai — fica sabendo que é realmente seu pai — pudessem recolher-se livremente à sua casa, ficando eu por garantia de que não desapareceriam; e assim se efetuou, a despeito dos bramidos do Martinho, que teimava em não querer largar a presa. Todavia, no dia seguinte pela manhã, o mesmo chefe, pesando a gravidade e a importância do negócio, quis que ela fosse conduzida a sua presença para interrogá-la e verificar a identidade de pessoa. Encarreguei-me de conduzi-la. Oh! Se a visses então!... Através das lágrimas, que lhe arrancava sua cruel situação, transparecia, em todo o seu brilho, a dignidade humana. Nada havia nela que denunciasse a abjeção do escravo ou que não revelasse a candura e a nobreza de sua alma. Era o anjo da dor exilado do céu e arrastado perante os tribunais humanos. Cheguei a duvidar ainda da cruel realidade. O chefe de polícia, possuído de respeito e admiração diante de tão gentil e nobre figura, tratou-a com toda a amabilidade e interrogou-a com brandura e polidez. Coberta de rubor e pejo confessou tudo com a ingenuidade de uma alma pura. Fugira em companhia de seu pai, para escapar ao amor de um senhor devasso, libidinoso e cruel, que a poder de violências e tormentos tentava forçá-la a satisfazer seus brutais desejos. Mas Isaura, a quem uma natureza privilegiada, secundada pela mais fina e esmerada educação, inspirara desde a infância o sentimento da dignidade e do pudor, repeliu com energia heroica todas as seduções e ameaças de seu indigno senhor. Enfim, ameaçada dos mais aviltantes e bárbaros tratamentos, que já começavam a traduzir-se em vias de fato, tomou o partido extremo de fugir, o único que lhe restava.

— O motivo da fuga, Álvaro, a ser verdadeiro, é o mais honroso possível para ela, e a torna uma heroína; mas... Enfim de contas ela não deixa de ser uma escrava fugida.

— E por isso mesmo mais digna de interesse e compaixão. Isaura tem me contado toda a sua vida, e, segundo creio, pode alegar e talvez provar direito à liberdade. Sua senhora velha, mãe do atual senhor, a qual criou-a com todo o mimo e a quem ela deve a excelente educação que tem, tinha declarado por vezes, diante de testemunhas, que por sua morte a deixaria livre; a morte súbita e inesperada dessa senhora, que faleceu sem testamento, é a causa de Isaura achar-se ainda entre as garras do mais devasso e infame dos senhores.

1 **Álvaro repete ideias que o narrador vem disseminando por toda a história, tornando-se assim uma espécie de porta-voz do autor.**

— E agora, o que pretendes fazer?...

— Pretendo requerer que Isaura seja mantida em liberdade e que lhe seja nomeado um curador a fim de tratar do seu direito.

— E onde esperas encontrar provas ou documentos para provar as alegações que fazes?

— Não sei, Geraldo; desejava consultar-te e esperava-te com impaciência precisamente para esse fim. Quero que com a tua ciência jurídica me esclareças e inspires nesse negócio. Já lancei mão do primeiro e mais óbvio expediente que se me oferecia, e logo no dia seguinte ao do baile escrevi ao senhor de Isaura com as palavras as mais comedidas e suasivas de que pude usar, convidando-o a abrir preço para a liberdade dela. Foi pior; o libidinoso e ciumento rajá[1] enfureceu-se e mandou-me em resposta esta carta insolente, que acabo de receber, em que me trata de sedutor e acoutador de escravas alheias, e protesta lançar mão dos meios legais para que lhe seja entregue a escrava.

— É bem parvo e descortês o tal sultanete — disse Geraldo depois de ter percorrido rapidamente a carta que Álvaro lhe apresentou. — Mas o certo é que, pondo de parte a insolência...

— Pela qual há de me dar completa e solene satisfação, eu o protesto.

— Pondo de parte a insolência, se nada tens de valioso a apresentar em favor da liberdade da tua protegida, ele tem o incontestável direito de reclamar e apreender a sua escrava onde quer que se ache.

— Infame e cruel direito é esse, meu caro Geraldo. É já um escárnio dar-se o nome de direito a uma instituição bárbara contra a qual protestam altamente a civilização, a moral e a religião. Porém, tolerar a sociedade que um senhor tirano e brutal, levado por motivos infames e vergonhosos, tenha o direito de torturar uma frágil e inocente criatura, só porque teve a desdita de nascer escrava, é o requinte da celeradez e da abominação.

— Não é tanto assim, meu caro Álvaro; esses excessos e abusos devem ser coibidos; mas como poderá a justiça ou o poder público devassar o interior do lar doméstico e ingerir-se no governo da casa do cidadão? Que abomináveis e hediondos mistérios, a que a escravidão dá lugar, não se passam por esses engenhos e fazendas, sem que, já não digo a justiça, mas nem mesmo os vizinhos deles tenham conhecimento?... Enquanto houver escravidão, hão de se dar esses exemplos. Uma instituição má produz uma infinidade de abusos, que só poderão ser extintos cortando-se o mal pela raiz.

— É desgraçadamente assim; mas, se a sociedade abandona desumanamente essas vítimas ao furor de seus algozes, ainda há no mundo almas generosas que se incumbem de protegê-las ou vingá-las. Quanto a mim, protesto, Geraldo; enquanto no meu peito pulsar um coração, hei de disputar Isaura à escravidão com todas as minhas forças, e espero que Deus me favorecerá em tão justa e santa causa.[2]

---

1 Título dado aos soberanos da Índia que, polígamos, mantinham um harém com numerosas esposas. Leôncio é ironicamente chamado de "rajá" e, mais adiante, de "sultão" e "paxá", títulos de soberanos orientais que também eram polígamos.

2 Álvaro protesta contra a escravidão e seus mecanismos, movido por seu amor a Isaura.

— Pelo que vejo, meu Álvaro, não procedes assim só por espírito de filantropia, e ainda amas muito a essa escrava.

— Tu o disseste, Geraldo; amo-a muito, e hei de amá-la sempre e nem disso faço mistério algum. E será coisa estranha ou vergonhosa amar-se uma escrava? O patriarca Abraão amou sua escrava Agar e por ela abandonou Sara, sua mulher. A humildade de sua condição não pode despojar Isaura da cândida e brilhante auréola de que a via e até hoje a vejo circundada. A beleza e a inocência são astros que mais refulgem quando engolfados na profunda escuridão do infortúnio.

— É bela a tua filosofia e digna de teu nobre coração; mas que queres? As leis civis, as convenções sociais são obras do homem, imperfeitas, injustas, e muitas vezes cruéis. O anjo padece e geme sob o jugo da escravidão, e o demônio exalça-se ao fastígio da fortuna e do poder.

— E assim, pois — refletiu Álvaro com desânimo —, nessas desastradas leis nenhum meio encontras de disputar ao algoz essa inocente vítima?

— Nenhum, Álvaro, enquanto nenhuma prova puderes aduzir em prol do direito de tua protegida. A lei no escravo só vê a propriedade e quase que prescinde nele inteiramente da natureza humana.[1] O senhor tem direito absoluto de propriedade sobre o escravo, e só pode perdê-lo manumitindo-o ou alheando-o por qualquer maneira ou por litígio provando-se liberdade, mas não por sevícias que cometa ou outro qualquer motivo análogo.

— Miserável e estúpida papelada que são essas vossas leis. Para ilaquear a boa-fé, proteger a fraude, iludir a ignorância, defraudar o pobre e favorecer a usura e rapacidade dos ricos, são elas fecundas em recursos e estratagemas de toda a espécie. Mas, quando se tem em vista um fim humanitário, quando se trata de proteger a inocência desvalida contra a prepotência, de amparar o infortúnio contra uma injusta perseguição, então, ou são mudas ou são cruéis. Mas, não obstante elas, hei de empregar todos os esforços ao meu alcance para libertar a infeliz do afrontoso jugo que a oprime. Para tal empresa alenta-me não já somente um impulso de generosidade, como também o mais puro e ardente amor, sem pejo o confesso.

O amigo de Álvaro arrepiou-se com essa deliberação tão franca e entusiasticamente proclamada com essa linguagem tão exaltada que lhe pareceu um deplorável desvario da imaginação.

— Nunca pensei — replicou com gravidade — que a tal ponto chegasse a exaltação desse teu excêntrico e malfadado amor. Que por um impulso de humanidade procures proteger uma escrava desvalida, nada mais digno e mais natural. O mais não passa de delírio de uma imaginação exaltada e romanesca. Será airoso e digno da posição que ocupas na sociedade deixares-te dominar de uma paixão violenta por uma escrava?...

— Escrava! — exclamou Álvaro cada vez mais exaltado. — Isso não passa de um nome vão, que nada exprime, ou exprime uma mentira. Pureza de anjo, formosura de fada, eis a realidade! Pode um homem ou a sociedade inteira contrariar as vistas do Criador e transformar em uma vil escrava o anjo que sobre a Terra caiu das mãos de Deus?...

1 Note como Geraldo é para Álvaro o porta-voz da realidade: escravo é só uma mercadoria, da qual o proprietário pode dispor como quiser.

— Mas por uma triste fatalidade o anjo caiu do céu no lodaçal da escravidão, e ninguém aos olhos do mundo o poderá purificar dessa nódoa que lhe mancha as asas. Álvaro, a vida social está toda juncada de forcas caudinas, por debaixo das quais nos é forçoso curvar-nos, sob pena de abalroarmos a fronte em algum obstáculo que nos faça cair. Quem não respeita as conveniências e até os preconceitos sociais arrisca-se a cair no descrédito ou no ridículo.

— A escravidão em si mesma já é uma indignidade, uma úlcera hedionda na face da nação que a tolera e protege. Por minha parte, nenhum motivo enxergo para levar a esse ponto o respeito por um preconceito absurdo, resultante de um abuso que nos desonra aos olhos do mundo civilizado. Seja eu embora o primeiro a dar esse nobre exemplo, que talvez será imitado. Sirva ele ao menos de um protesto enérgico e solene contra uma bárbara e vergonhosa instituição.

— És rico, Álvaro, e a riqueza te dá bastante independência para poderes satisfazer os teus sonhos filantrópicos e os caprichos de tua imaginação romanesca. Mas tua riqueza, por maior que seja, nunca poderia reformar os prejuízos do mundo, nem fazer com que essa escrava, a quem segundo todas as aparências quererias ligar o teu destino, fosse considerada e nem mesmo admitida nos círculos da alta sociedade...

— E que me importam os círculos da alta sociedade, uma vez que sejamos bem-acolhidos no meio das pessoas de bom senso e coração bem-formado? Demais, enganas-te completamente, meu Geraldo. O mundo corteja sempre o dinheiro, onde quer que ele se ache. O ouro tem um brilho que deslumbra e apaga completamente essas pretendidas nódoas de nascimento. Não nos faltarão, nunca, eu te afianço, o respeito nem a consideração social, enquanto nos não faltar o dinheiro.[1]

— Mas, Álvaro, esqueces-te de uma coisa muito essencial: e se te não for possível obter a liberdade de tua protegida?...

A essa pergunta Álvaro empalideceu e, oprimido pela ideia de tão cruel como possível alternativa, sem responder palavra olhava tristemente para o horizonte, quando o boleeiro de Álvaro, que se achava postado com sua caleça junto à porta do jardim, veio anunciar-lhe que algumas pessoas o procuravam e desejavam falar-lhe ou ao dono da casa.

— A mim! — resmungou Álvaro. — Porventura estou eu em minha casa?... Mas como também procuram o dono desta... faça-os entrar.

— Álvaro — disse Geraldo espreitando por uma janela —, se me não engano, é gente da polícia; parece-me que lá vejo um oficial de justiça. Teremos outra cena igual à do baile?...

— Impossível!... Com que direito virão tocar-me no depósito sagrado, que a mesma polícia me confiou!...

— Não te fies nisso. A justiça é uma deusa muito volúvel e fértil em patranhas. Hoje desmanchará o que fez ontem.

---

1 Álvaro aponta para um aspecto bastante típico da nossa cultura: o dinheiro está acima de qualquer tipo de preconceito.

Capítulo 16

O primeiro cuidado de Martinho logo ao sair do baile em que viu malograda a sua tentativa de apreender Isaura foi escrever ao senhor dela uma longa e minuciosa carta[1], comunicando-lhe que tinha tido a fortuna de descobrir a escrava que tanto procurava.

Contava por miúdo as diligências que fizera para esse fim, até descobri-la em um baile público, e encarecia o seu próprio mérito e perspicácia para esbirro, dizendo que, a não ser ele, ninguém seria capaz de farejar uma escrava na pessoa de uma moça tão bonita e tão prendada. Alterando os fatos e as circunstâncias do modo o mais atroz e calunioso, dizia-lhe em frases de taverneiro que Miguel se estabelecera no Recife com Isaura a fim de especular com a formosura da filha, a qual, a poder de armar laços à rapaziada vadia e opulenta, tinha por fim conseguido apanhar um patinho bem gordo e fácil de depenar. Era este um pernambucano por nome Álvaro, moço duas vezes milionário e mil vezes desmiolado, que tinha por ela uma paixão louca. Esse moço, a quem ela trazia iludido e engodado ao ponto de ele querer desposá-la, caiu na tolice de levá-la a um baile, onde ele, Martinho, teve a fortuna de descobri-la, e a teria apreendido e estaria ela já de marcha para o poder de seu senhor, se não fosse a oposição do tal senhor Álvaro, que, apesar de ficar sabendo de que ralé era a sua heroína, teve a pouca-vergonha de protegê-la escandalosamente. Prevalecendo-se das valiosas relações e da influência de que gozava no país em razão de sua riqueza, conseguiu impedir a sua apreensão, e tornando-se fiador dela a conservava em seu poder contra toda a razão e justiça, protestando não entregá-la senão ao seu próprio senhor. Julgava que a intenção de Álvaro era tentar meios de libertá-la, a fim de fazê-la sua mulher ou sua amásia. Julgava de seu dever comunicar-lhe tudo isso para seu governo.

Era este em suma o conteúdo da carta de Martinho, a qual seguiu para o Rio de Janeiro no mesmo paquete que levava a carta de Álvaro, fazendo proposições para a liberdade de Isaura. Leôncio, contente com a descoberta, mas cheio de ciúme e inquietação em vista das informações de Martinho, apressou-se em responder a ambos, e o mesmo paquete que trouxe a resposta insolente e insultuosa que dirigiu a Álvaro foi portador da que se destinava a Martinho, na qual o autorizava a apreender a escrava em qualquer parte que a encontrasse, e para maior segurança remetia-lhe também procuração especial para esse fim e mais algumas cartas de recomendação de pessoas importantes para o chefe de polícia para que o auxiliasse naquela diligência.

Martinho mais que depressa dirigiu-se à casa da polícia, e, apresentando ao chefe todos esses papéis, requereu-lhe que mandasse entregar-lhe a escrava. O chefe, em vista dos documentos de que Martinho se achava munido, entendeu que não lhe era possível denegar-lhe o que pedia e expediu ordem por escrito para que lhe fosse entregue a escrava em questão, e deu-lhe um oficial de justiça e dois guardas para efetuarem a diligência.

1 Note que o conteúdo da carta revela todo o preconceito social de que Martinho é porta-voz.

Foi, portanto, o Martinho, que, munido de todos os poderes, competentemente autorizado pela polícia, apresentou-se com sua escolta à porta da casa de Isaura para arrebatar a Álvaro a cobiçada presa.

— Ainda esse infame! — murmurou Álvaro entre dentes ao ver entrar o Martinho. Era um rugido de cólera impotente que o angustiado mancebo arrancara do íntimo da alma.

— Que deseja de mim o senhor? — perguntou Álvaro em tom seco e altivo.

— Vossa senhoria, que bem me conhece — respondeu Martinho —, já pode presumir pouco mais ou menos o motivo que aqui me traz.

— Nem por sombras posso adivinhá-lo, antes me causa estranheza esse aparato policial de que vem acompanhado.

— Sua estranheza cessará sabendo que venho reclamar uma escrava fugida, por nome Isaura, que há muito tempo foi por mim apreendida no meio de um baile, no qual se achava vossa senhoria, e, devendo eu enviá-la a seu senhor no Rio de Janeiro, vossa senhoria a isso se opôs sem motivo algum justificável, conservando-a até hoje em seu poder contra todo o direito.

— Alto lá, senhor Martinho! Penso que não é pessoa competente para dar ou tirar direito a quem lhe parecer. O senhor bem sabe que eu sou depositário dessa escrava, e que com todo o direito e consentimento da autoridade a tenho debaixo de minha proteção.

— Esse direito, se é que se pode chamar direito a uma arbitrariedade, cessou desde que vossa senhoria nada tem alegado em favor da mesma escrava. E demais — continuou apresentando um papel —, aqui está ordem expressa e terminante do chefe de polícia, mandando que me seja entregue a dita escrava. A isto nada se pode opor legalmente.

— Pelo que vejo, senhor Martinho — disse Álvaro depois de examinar rapidamente o papel que Martinho lhe entregara —, ainda não desistiu de seu indigno procedimento, tornando-se por um pouco de dinheiro o vil instrumento do algoz de uma infeliz mulher? Reflita e verá que essa infame ação só pode inspirar asco e horror a todo o mundo.

Martinho, achando-se acostado pela polícia, julgou-se com direito de mostrar-se áspero e arrogante e, portanto, com imperturbável sangue-frio:

— Senhor Álvaro — respondeu —, eu vim a esta casa somente com o fim de exigir em nome da autoridade a entrega de uma escrava fugida, que aqui se acha acoutada, e não para ouvir repreensões, que o senhor não tem direito de dar-me. Trate de fazer o que a lei ordena e a prudência aconselha, se não quer que use de meu direito...

— Qual direito?!...

— De varejar esta casa e levar à força a escrava.

— Retira-te, miserável esbirro! — bradou Álvaro com força, não podendo mais sopear a cólera. — Desaparece de minha presença, se não queres pagar caro o teu atrevimento!...

— Senhor Álvaro!... Veja o que faz!

O doutor Geraldo, não achando muita razão em seu amigo, por prudência até ali se tinha conservado silencioso, mas, vendo que a cólera e imprudência de Álvaro ia excedendo os limites, julgou de seu dever intervir na questão, e aproximando-se de Álvaro e puxando-lhe o braço:

— Que fazes, Álvaro? — disse-lhe em voz baixa. — Não vês que com esses arrebatamentos não consegues senão comprometer-te e agravar a sorte de Isaura? Mais prudência, meu amigo.

— Mas... Que devo eu fazer?... Não me dirás?

— Entregá-la.

— Isso nunca!... — replicou Álvaro terminantemente.

Conservaram-se todos silenciosos por alguns momentos. Álvaro parecia refletir.

— Ocorre-me um expediente — disse ele ao ouvido de Geraldo. — Vou tentá-lo.

E sem esperar resposta aproximou-se de Martinho.

— Senhor Martinho — disse-lhe ele —, desejo dizer-lhe duas palavras em particular, com permissão aqui do doutor.

— Estou às suas ordens — replicou Martinho.

— Estou persuadido, senhor Martinho — disse-lhe Álvaro em voz baixa, tomando-o de parte —, que a gratificação de cinco contos é o motivo principal que o leva a proceder dessa maneira contra uma infeliz mulher, que nunca o ofendeu. Está em seu direito, eu reconheço, e a soma não é para desprezar. Mas, se quiser desistir completamente desse negócio e deixar em paz essa escrava, dou-lhe o dobro dessa quantia.

— O dobro!... Dez contos de réis! — exclamou Martinho arregalando os olhos.

— Justamente; dez contos de réis e hoje mesmo.

— Mas, senhor Álvaro, já empenhei minha palavra para com o senhor da escrava, dei passos para esse fim, e...

— Que importa!... Diga que ela evadiu-se de novo, ou dê outra qualquer desculpa...

— Como, se é tão público que ela se acha em poder de vossa senhoria?...

— Ora!... Isso é sua vontade, senhor Martinho; pois um homem vivo e atilado como o senhor embaraça-se com tão pouca coisa!...

— Vá, feito — disse Martinho depois de refletir um instante. — Já que vossa senhoria tanto se interessa por essa escrava, não quero mais afligi-lo com semelhante negócio que, a dizer-lhe a verdade, bem me repugna. Aceito a proposta.

— Obrigado; é um importante serviço que vai me prestar.

— Mas que volta darei eu ao negócio para sair-me bem dele?

— Veja lá; sua imaginação é fácil em recursos e há de inspirar-lhe algum meio de safar-se de dificuldades com a maior limpeza.

Martinho ficou por alguns momentos a roer as unhas, pensativo e com os olhos pregados no chão. Por fim levantando a cabeça e levando à testa o dedo índice:

— Atinei! — exclamou. — Dizer que a escrava desapareceu de novo não é conveniente e iria comprometer a vossa senhoria, que se responsabilizou por ela. Direi somente que, bem averiguado o caso, reconheci que a moça que vossa senhoria tem em seu poder não é a escrava em questão, e está tudo acabado.

— Essa não é mal-achada... Mas foi um negócio tão público...

— Que importa!... Não se lembra vossa senhoria de um sinal em forma de queimadura em cima do seio esquerdo, que vem consignado no anúncio? Direi que não se achou semelhante sinal, que é muito característico, e está destruída a identidade da pessoa. Acrescentarei mais, que a moça por quem vossa senhoria se interessa vista de noite é uma coisa, e de dia é outra; que em nada se parece com a linda escrava que se acha descrita no anúncio e que, em vez de ter vinte anos, mostra ter seus trinta e muitos para quarenta, e que toda aquela mocidade e formosura era efeito dos arrebiques e da luz vacilante dos lustres e candelabros.

— O senhor é bem engenhoso — observou Álvaro sorrindo-se. — Mas os que a viram nenhum crédito darão a tudo isso. Resta, porém, ainda uma dificuldade, senhor Martinho; é a confissão que ela fez em público!... Isso há de ser custoso de embaçar-se.

— Qual custoso!... Alega-se que ela é sujeita a acessos de histerismo e é sujeita a alucinações.

— Bravo, senhor Martinho; confio absolutamente em sua perícia e habilidade. E depois?

— E depois comunico tudo isso ao chefe de polícia, declaro-lhe que nada mais tenho com esse negócio, passo a procuração a qualquer meirinho, ou capitão-do-mato, que se queira encarregar dessa diligência, e em ato contínuo escrevo ao senhor da escrava comunicando-lhe o meu engano, com o que ele por certo desistirá de procurá-la mais por aqui e levará a outras partes as suas pesquisas. Que tal acha o meu plano?...

— Admirável, e cumpre não perdermos tempo, senhor Martinho.

— Vou já neste andar, e em menos de duas horas estou aqui de volta a dar parte do desempenho de minha comissão.

— Aqui não, que não poderei demorar-me muito. Espero-o em minha casa, e lá receberá a soma convencionada.

— Podem se retirar — disse Martinho ao oficial de justiça e aos guardas, que se achavam postados do lado de fora da porta. — Sua presença não é mais necessária aqui. "Não há dúvida!", continuou ele consigo mesmo. "Isso vai a dobrar como no lansquenê. Essa escrava é uma mina, que me parece não estar ainda esgotada."[1]

E retirou-se, esfregando as mãos de contentamento.

— Então, que arranjo fizeste com o homem, meu Álvaro? — perguntou Geraldo, apenas Martinho voltou as costas.

— Excelente — respondeu Álvaro. — A minha lembrança surtiu o desejado efeito, e ainda mais do que eu esperava.

Álvaro em poucas palavras deu conta ao seu amigo do mercado que fizera com o Martinho.

---

1 Aqui Martinho insinua que não será fiel ao trato com Álvaro, antes tentará nova jogada para ganhar mais dinheiro.

— Que caráter desprezível e abjeto o desse Martinho! — exclamou Geraldo. — De um tal instrumento não se pode esperar obra que preste. E julgas ter conseguido muita coisa, Álvaro, com o passo que acabas de dar?...

— Não muito, porém alguma coisa sempre posso conseguir. Pelo menos consigo deter o golpe por algum tempo, e, como diz lá o rifão popular, meu Geraldo, enquanto o pau vai e vem, folgam as costas. Enquanto Leôncio, persuadido de que a sua escrava não se acha aqui no Recife, a procura por todo este mundo, ela fica aqui tranquilamente à minha sombra, livre das perseguições e dos maus-tratos de um bárbaro senhor; e eu terei tempo para ativar os meios de arranjar provas e documentos que justifiquem o seu direito à liberdade. É quanto me basta por agora; quanto ao resto, já que pareces julgar a minha causa irremissivelmente perdida, a justiça divina me inspirará o modo por que devo proceder.

— Como te enganas, meu pobre Álvaro!... Cuidas que, arredando o Martinho, ficas por enquanto livre de perseguições e pesquisas contra a tua protegida? Que cegueira!... Não faltarão malsins igualmente esganados por dinheiro, que, pelos cinco contos de réis, que para esses miseráveis é uma soma fabulosa, se ponham à cata de tão preciosa presa. Agora, principalmente, que o Martinho deu o alarma e que esse negócio tem atingido a um certo grau de celebridade, em vez de um aparecerão cem Martinhos no encalço da bela fugitiva, e não terão mais que fazer senão seguir a trilha batida pelo primeiro.

— És muito meticuloso, Geraldo, e encaras as coisas sempre pelo lado pior. É bem provável que peguem as patranhas inventadas pelo Martinho e que ninguém mais se lembre de descobrir a cativa Isaura nessa moça por quem me interesso, e, embora mil malsins a procurem por todos os cantos do mundo, pouco me importará. Sempre obtenho uma dilação, que poderá me ser muito vantajosa.

— Pois bem, Álvaro; vamos que assim aconteça; mas tu não vês que semelhante procedimento não é digno de ti?... Que assim incorres realmente nos epítetos afrontosos com que te obsequiou o tal Leôncio, e que te tornas verdadeiramente um sedutor e acoutador de escravos alheios?...

— Desculpa-me, meu caro Geraldo; não posso aceitar a tua reprimenda. Ela só pode ter aplicação aos casos vulgares, e não às circunstâncias especialíssimas em que eu e Isaura nos achamos colocados. Eu não dou couto nem capelo a uma escrava; protejo um anjo e amparo uma vítima inocente contra a sanha de um algoz. Os motivos que me impelem e as qualidades da pessoa por quem dou esses passos nobilitam o meu procedimento e são bastantes para justificar-me aos olhos de minha consciência.

— Pois bem, Álvaro; faze o que quiseres; não sei que mais possa dizer-te para demover-te de um procedimento que julgo não só imprudente como, a falar-te com sinceridade, ridículo e indigno da tua pessoa.

Geraldo não podia dissimular o descontentamento que lhe causava aquela cega paixão, que levava o seu amigo a atos que qualificava de burlesco desatino e loucura inqualificável. Por isso, longe de auxiliá-lo com seus conselhos e indicar-lhe os meios de promover a libertação de Isaura, procurava com todo o empenho demovê-lo daquele propósito, pintando o negócio ainda mais difícil do que realmente o era. De bom grado, se lhe fosse possível, teria entregado Isaura a seu senhor somente para livrar Álvaro daquela terrível tentação que o ia precipitando na senda das mais ridículas extravagâncias.

Capítulo 17

Achando-se só, Álvaro sentou-se junto a uma mesa, e, apoiando nela os cotovelos com a fronte entre as mãos, ficou a cismar profundamente.

Isaura, porém, pressentindo pelo silêncio que reinava na sala que já ali não havia pessoas estranhas, foi ter com ele.

— Senhor Álvaro — disse ela chegando-se de manso e timidamente —, desculpe-me... Eu venho decerto lhe aborrecer... Queria talvez estar só...

— Não, minha Isaura; tu nunca me aborreces; pelo contrário, és sempre bem-vinda junto de mim...[1]

— Mas vejo-o tão triste!... Parece-me que aqui entrou mais gente e alteravam-se vozes. Deram-lhe algum desgosto, meu senhor?...

— Nada houve de extraordinário, Isaura; foram algumas pessoas que vieram procurar o doutor Geraldo.

— Mas então, por que está assim triste e abatido?

— Não estou triste nem abatido. Estava meditando nos meios de arrancar-te do abismo da escravidão, meu anjo, e elevar-te à posição para que o céu te criou.

— Ah! Senhor, não se mortifique assim por amor de uma infeliz que não merece tais extremos. É inútil lutar contra o destino irremediável que me persegue.

— Não fales assim, Isaura. Tens em bem pouca conta a minha proteção e o meu amor!...

— Não sou digna de ouvir de sua boca essa doce palavra. Empregue seu amor em outra mulher que dele seja merecedora e esqueça-se da pobre cativa, que se tornou indigna até de sua compaixão, ocultando-lhe a sua condição e fazendo-o passar pelo vergonhoso pesar de...

— Cala-te, Isaura... Até quando pretendes lembrar-te desse maldito incidente?... Eu somente fui o culpado forçando-te a ir a esse baile, e tinhas razão de sobra para não revelar-me a tua desgraça. Esquece-te disso; eu te peço pelo nosso amor, Isaura.

— Não posso esquecer-me, porque os remorsos me avivam sempre na alma a lembrança dessa fraqueza. A desgraça é má conselheira, e nos perturba e anuvia o espírito. Eu o amava, assim como o amo ainda, e cada vez mais... Perdoe-me esta declaração, que é sem dúvida uma ousadia na boca de uma escrava.

— Fala, Isaura, fala sempre que me amas. Pudesse eu ouvir de teus lábios essa palavra por toda a eternidade.

— Era um triste amor, na verdade, um amor de escrava, um amor sem sorriso nem esperança. Mas a ventura de ser amada pelo senhor era uma ideia tão consoladora para mim! Amando-me o senhor me nobilitava, a meus próprios olhos, e quase me fazia esquecer a realidade de minha humilde condição. Eu tremia ao pensar que, descobrindo-lhe a verdade, ia perder para sempre essa doce e única consolação que me restava na vida. Perdoe, meu senhor, perdoe à escrava infeliz que teve a louca ousadia de amá-lo.

---

1 Observe o tratamento íntimo dado a Isaura por Álvaro.

— Isaura, deixa-te de vãos escrúpulos e dessas frases humildes, que de modo nenhum podem caber em teus lábios angélicos. Se me amas, eu também te amo, porque em tudo te julgo digna do meu amor; que mais queres tu?... Se antes de conhecer a condição em que nasceste, eu te amei subjugado por teus raros encantos, hoje que sei que a tantos atrativos reúnes o prestígio do infortúnio e do martírio, eu te adoro, eu te idolatro mais que nunca.

— Ama-me, e é essa ideia que ainda mais me mortifica!... De que nos serve esse amor, se nem ao menos posso ter a fortuna de ser sua escrava, e devo sem remédio morrer entre as mãos de meu algoz...

— Nunca, Isaura! — exclamou Álvaro com exaltação. — Minha fortuna, minha tranquilidade, minha vida, tudo sacrificarei para libertar-te do jugo desse vil tirano. Se a justiça da Terra não me auxilia nessa nobre e generosa empresa, a justiça do céu se fará cumprir por minhas mãos.

— Oh! Senhor Álvaro!... Não vá sacrificar-se por uma pobre escrava, que não merece tais excessos. Abandone-me à minha sina fatal; já não é pouca felicidade para mim ter merecido o amor de um cavalheiro tão nobre e tão amável, como o senhor; essa lembrança me servirá de alento e consolação em minha desgraça. Não posso, porém, consentir que o senhor avilte o seu nome e a sua reputação, amando com tal extremo a uma escrava.

— Por piedade, Isaura, não me martirizes mais com essa maldita palavra que constantemente tens nos lábios. Escrava tu!... Não o és, nunca o foste e nunca o serás. Pode acaso a tirania de um homem ou da sociedade inteira transformar em um ente vil e votar à escravidão aquela que das mãos de Deus saiu um anjo digno do respeito e adoração de todos? Não, Isaura; eu saberei erguer-te ao nobre e honroso lugar a que o céu te destinou, e conto com a proteção de um Deus justo, porque protejo um dos seus anjos.

Álvaro, não obstante ficar sabendo, depois da noite do baile, que Isaura era uma simples escrava, nem por isso deixou de tratá-la daí em diante com o mesmo respeito, deferência e delicadeza, como a uma donzela da mais distinta jerarquia social. Procedia assim de acordo com os elevados princípios que professava e com os nobres e delicados sentimentos do seu coração. O pudor, a inocência, o talento, a virtude e o infortúnio eram sempre para ele coisas respeitáveis e sagradas, quer se achassem na pessoa de uma princesa, quer na de uma escrava. Sua afeição era tão casta e pura como a pessoa que dela era objeto, e nunca de leve lhe passara pelo pensamento abusar da precária e humilde posição de sua amante para profanar-lhe a candura imaculada. Nunca de sua parte um gesto mais ousado ou uma palavra menos casta haviam feito assomar ao rosto da cativa o rubor do pejo, e nem tampouco os lábios de Álvaro lhe haviam roçado o mais leve beijo pelas virginais e pudicas faces. Apenas depois de instantes e repetidas súplicas de Isaura, havia tomado a liberdade de tratá-la por tu, e isso mesmo quando se achavam a sós.[1]

1 Álvaro é o único homem no texto que não vê Isaura como objeto sexual, o que revela a nobreza e a pureza de seu amor, seu caráter de herói romântico.

Somente agora, pela primeira vez, Álvaro, dominado pela mais suave e veemente emoção, ao proferir as últimas palavras, enlaçando o braço em torno ao colo de Isaura, a cingia brandamente contra o coração.

Estavam ambos enlevados na doçura desse primeiro amplexo de amor quando o ruído de um carro, que parou à porta do jardim, e, logo após, um forte e estrondoso "ó de casa!" os fizeram separar-se.

No mesmo momento entrava na sala o boleeiro de Álvaro e anunciava-lhe que novas pessoas o procuravam.

"Oh, meu Deus!... Que será isso hoje!... Serão ainda os malditos esbirros[1]?...", refletiu Álvaro, e depois dirigindo-se a Isaura:

— É prudente que te retires, minha amiga — disse-lhe. — Ninguém sabe o que será e não convém que te vejam.

— Ah! Que eu não sirva senão para perturbar-lhe o sossego! — murmurou Isaura retirando-se.

Um momento depois Álvaro viu entrar na sala um elegante e belo mancebo, trajado com todo o primor e afetando as mais polidas e aristocráticas maneiras; mas, apesar de sua beleza, tinha ele na fisionomia, como Lusbel[2], um não-sei-quê de torvo e sinistro e um olhar sombrio, que incutia pavor e repulsão.

"Este por certo não é um esbirro", pensou Álvaro, e, indicando uma cadeira ao recém-chegado:

— Queira sentar-se — disse-lhe —, e tenha a bondade de dizer o que pretende deste seu criado.

— Desculpe-me — respondeu-lhe o cavalheiro, passeando um olhar escrutador em roda da sala. — Não é a vossa senhoria[3] que eu desejava falar, mas sim ao morador desta casa ou à sua filha.

Álvaro estremeceu. Estava claro que aquele mancebo, se bem que nenhuma aparência tivesse de um esbirro, andava à pista de Isaura. Todavia, no intuito de verificar se era fundada a sua apreensão, antes de chamar os donos da casa, quis sondar as intenções do visitante.

— Não obstante — respondeu ele —, como estou autorizado pelos donos da casa a tratar de todos os seus negócios, pode vossa senhoria dirigir-se a mim e dizer o que deles pretende.

— Sim, senhor; não ponho a menor dúvida, pois o que pretendo não é nenhum mistério. Constando-me, com certeza, que aqui se acha acoutada uma escrava fugida, por nome Isaura, venho apreendê-la...

— Nesse caso deve entender-se comigo, que sou o depositário dessa escrava.

— Ah!... Pelo que vejo, vossa senhoria é o senhor Álvaro!...

— Um criado de vossa senhoria.

---

1 Agentes de polícia.

2 O mesmo que "Lúcifer".

3 Observe a formalidade presente no uso de vossa senhoria na conversa.

— Bem; muito estimo encontrá-lo por aqui; pois saiba também que eu sou Leôncio, o legítimo senhor dessa escrava.

Leôncio... O senhor de Isaura! Álvaro ficou como esmagado sob o peso dessa fulminante e tremenda revelação. Mudo e atônito, contemplou por alguns instantes aquele homem de sombria catadura, que se lhe apresentava aos olhos, implacável e sinistro como Lúcifer, prestes a empolgar a vítima que deseja arrastar aos infernos. Suor frio porejou-lhe pela testa, e a mais pungente angústia apertou-lhe o coração.

"É ele!... É o próprio algoz!... Ai, pobre Isaura!...", foi este o eco lúgubre que remurmurou-lhe dentro da alma enregelada pelo desalento.

Capítulo 18

O leitor provavelmente não terá ficado menos atônito do que ficou Álvaro com o imprevisto aparecimento de Leôncio no Recife e indo bater certo na casa em que se achava refugiada a sua escrava.

É preciso, portanto, explicar-lhe como isso aconteceu, para que não pense que foi por algum milagre.[1]

Leôncio, depois de ter escrito e entregado no correio as duas cartas que conhecemos, uma dirigida a Álvaro, outra a Martinho, nem por isso ficou mais tranquilo. Devorava-lhe a alma uma inquietação mortal, um ciúme desesperador. A notícia de que Isaura se achava em poder de um belo e rico mancebo, que a amava loucamente, era para ele um suplício insuportável, um cancro que lhe corroía as entranhas e o fazia estrebuchar em ânsias de desespero, avivando-lhe cada vez mais a paixão furiosa que concebera por sua escrava. Achava-se ele na corte, para onde, logo que teve notícias de Isaura, se dirigira imediatamente, a fim de se achar em um centro, de onde pudesse tomar medidas prontas e enérgicas para a captura da mesma. Tendo escrito e entregue as cartas na véspera da partida do vapor, pela manhã, levou o resto do dia a cismar. A terrível ansiedade em que se achava não lhe permitia esperar a resposta e o resultado daquelas cartas, sendo muito mais morosas e espaçadas do que hoje as viagens dos paquetes naquela época, em que apenas se havia inaugurado a navegação a vapor pelas costas do Brasil.[2] Demais, ocorria-lhe frequentemente ao espírito o anexim popular — quem quer vai, quem não quer manda. Não podia fiar-se na diligência e boa vontade de pessoas desconhecidas, que talvez não pudessem lutar vantajosamente contra a influência de Álvaro, o qual, segundo lho pintavam, era um potentado em sua terra. O ciúme e a vingança não gostam de confiar a olhos e mãos alheias a execução de seus desígnios.

1 Novamente o narrador lança mão de um *flash-back* para esclarecer o leitor.

2 Note como há distanciamento temporal entre o narrador e os fatos narrados. Lembre-se de que o livro foi publicado em 1878 e a história se passa por volta de 1840, épocas históricas bem distintas.

"É indispensável que eu mesmo vá", pensou Leôncio, e firme nessa resolução foi ter com o ministro da justiça, com quem cultivava relações de amizade, e pediu-lhe uma carta de recomendação — o que equivale a uma ordem — ao chefe de polícia de Pernambuco para que o auxiliasse eficazmente para o descobrimento e captura de uma escrava. Já de antemão Leôncio também se havia munido de uma precatória e mandado de prisão contra Miguel, a quem havia feito processar e pronunciar como ladrão e acoutador de sua escrava. O sanhudo paxá de nada se esquecia para tornar completa a sua vingança.[1]

No outro dia Leôncio seguia para o Norte no mesmo vapor que conduzia suas cartas.

Estas, porém, chegaram ao seu destino algumas horas antes que o seu autor desembarcasse no Recife.

Leôncio, apenas pôs pés em terra, dirigiu-se ao chefe de polícia e, entregando-lhe a carta do ministro, inteirou-o de sua pretensão.

— Tenho a informar-lhe, senhor Leôncio — respondeu-lhe o chefe —, que haverá talvez pouco mais de duas horas que daqui saiu uma pessoa autorizada por vossa senhoria para o mesmo fim de apreender essa escrava, e ainda há pouco aqui chegou de volta declarando que tinha se enganado e que acabava de reconhecer que a pessoa de quem desconfiava não é e nem pode ser a escrava que fugiu a vossa senhoria.

— Um certo Martinho, não, senhor doutor?...

— Justamente.

— Deveras!... Que me diz, senhor doutor?

— A verdade; ainda aí estão à porta o oficial de justiça e os guardas que o acompanharam.

— De maneira que terei perdido o meu tempo e a minha viagem!... Oh! não, não; isto não é possível. Creia-me, senhor doutor, aqui há patranha... O tal senhor Álvaro dizem que é muito rico...

— E o tal Martinho um valdevinos capaz de todas as infâmias. Tudo pode ser; mas a vossa senhoria, como interessado, compete averiguar essas coisas.

— E é o que venho disposto a fazer. Irei lá eu mesmo verificar o negócio por meus próprios olhos, e já, se for possível.

— Quando quiser. Ali estão o oficial de justiça e os guardas, que ainda agora de lá vieram, e ninguém melhor do que eles pode guiar a vossa senhoria e efetuar a captura, caso reconheça ser a sua própria escrava.

— Também me é preciso que vossa senhoria ponha o *Cumpra-se* nesta precatória — disse Leôncio apresentando a precatória contra Miguel. — É necessário punir o patife que teve a audácia de desencaminhar e roubar-me a escrava.

O chefe satisfez sem hesitar ao pedido de Leôncio, que, acompanhado da pequena escolta, que fez subir ao seu carro, no mesmo momento se dirigiu à casa de Isaura, onde o deixamos em face de Álvaro.

---

1 Observe que a lei está do lado do senhor, que dispõe de vários meios para realizar suas vontades.

A situação deste não era só crítica; era desesperada. O seu antagonista ali estava armado de seu incontestável direito para humilhá-lo, esmagá-lo, e, o que mais é, despedaçar-lhe a alma, roubando-lhe a amante adorada, o ídolo de seu coração, que ia lhe ser arrancada dos braços para ser prostituída ao amor brutal de um senhor devasso, se não sacrificada ao seu furor. Não tinha remédio senão curvar-se sem murmurar ao golpe do destino e ver, de braços cruzados, metida em ferros e entregue ao azorrague do algoz a nobre e angélica criatura, que, única entre tantas belezas, lhe fizera palpitar o coração em emoções do mais extremoso e puro amor.

Deplorável contingência a que somos arrastados em consequência de uma instituição absurda e desumana![1]

O devasso, o libertino, o algoz apresenta-se altivo e arrogante; tendo a seu favor a lei e a autoridade, o direito e a força, lança a garra sobre a presa, que é objeto de sua cobiça ou de seu ódio, e pode fruí-la ou esmagá-la a seu talante, enquanto o homem de nobre coração, de impulsos generosos, inerme perante a lei, aí fica suplantado, tolhido, manietado, sem poder estender o braço em socorro da inocente e nobre vítima, que deseja proteger. Assim, por uma estranha aberração, vemos a lei armando o vício e decepando os braços à virtude.

Estava pois Álvaro em presença de Leôncio como o condenado em presença do algoz. A mão da fatalidade o socalcava com todo o seu peso esmagador, sem lhe deixar livre o mínimo movimento.

Vinha Leôncio ardendo em fúrias de raiva e de ciúme, e, prevalecendo-se de sua vantajosa posição, aproveitou a ocasião para vingar-se de seu rival, não com a nobreza de cavalheiro, mas procurando humilhá-lo à força de impropérios.

— Sei que há muito tempo — disse Leôncio, continuando o diálogo que deixamos interrompido no capítulo antecedente — vossa senhoria retém essa escrava em seu poder contra toda a justiça, iludindo as autoridades com falsas alegações, que nunca poderá provar. Porém agora venho eu mesmo reclamá-la e burlar os seus planos e artifícios.

— Artifícios não, senhor. Protegi e protejo francamente uma escrava contra as violências de um senhor que quer tornar-se seu algoz; eis aí tudo.

— Ah!... Agora é que sei que qualquer aí pode subtrair um escravo ao domínio de seu senhor a pretexto de protegê-lo, e que cada qual tem o direito de velar sobre o modo por que são tratados os escravos alheios.

— Vossa senhoria está de disposição a escarnecer, e eu declaro-lhe que nenhuma vontade tenho de escarnecer, nem de ser escarnecido. Confesso-lhe que desejo muito a liberdade dessa escrava, tanto quanto desejo a minha felicidade, e estou disposto a fazer todos os sacrifícios possíveis para consegui-la. Já lhe ofereci dinheiro, e ainda ofereço. Dou-lhe o que pedir... Dou-lhe uma fortuna por essa escrava. Abra preço...

— Não há dinheiro que a pague; nem todo o ouro do mundo, porque não quero vendê-la.

1 Aqui o narrador faz uma crítica explícita à escravidão.

— Mas isso é um capricho bárbaro, uma perversidade...

— Seja capricho da qualidade que vossa senhoria quiser; porventura não posso ter eu os meus caprichos, contanto que não ofenda direitos de ninguém?... Porventura vossa senhoria não tem também o seu capricho de querê-la para si?... Mas o seu capricho ofende os meus direitos, e eis aí o que não posso tolerar.[1]

— Mas o meu capricho é nobre e benfazejo, e o seu é uma tirania, para não dizer uma vilania. Vossa senhoria mancha a sua vida com uma nódoa indelével conservando na escravidão essa mulher; cospe o desrespeito e a injúria sobre o túmulo de sua santa mãe, que criou com tanta delicadeza, educou com tanto esmero essa escrava, para torná-la digna da liberdade que pretendia dar-lhe, e não para satisfazer aos caprichos de vossa senhoria. Ela por certo lá do céu, onde está, o amaldiçoará, e o mundo inteiro a acompanhará na maldição ao homem que retém no mais infamante cativeiro uma criatura cheia de virtudes, prendas e beleza.

— Basta, senhor!... Agora fico também sabendo que uma escrava, só pelo fato de ser bonita e prendada, tem direitos à liberdade. Fique também vossa senhoria sabendo que, se minha mãe não criou essa rapariga para satisfazer aos meus caprichos, muito menos para satisfazer aos de vossa senhoria, a quem nunca conheceu nesta vida. Senhor Álvaro, se deseja ter alguma linda escrava para sua amásia, procure outra, compre-a, que, a respeito dessa, pode perder toda a esperança.

— Senhor Leôncio, vossa senhoria decerto esquece-se do lugar onde está e da pessoa com quem fala, e julga que se acha em sua fazenda falando aos seus feitores ou a seus escravos. Advirto-lhe para que mude de linguagem.

— Basta, senhor; deixemo-nos de vãs disputas, e nem eu vim aqui para ser catequizado por vossa senhoria. O que quero é a entrega da escrava e nada mais. Não me obrigue a usar do meu direito levando-a à força.

Álvaro, desvairado por tão grosseiras e ferinas provocações, perdeu de todo a prudência e sangue-frio.

Entendeu que, para sair-se bem na terrível conjuntura em que se achava, só havia um caminho: matar o seu antagonista ou morrer-lhe às mãos, e, cedendo a essas sugestões da cólera e do desespero, saltou da cadeira em que estava, agarrou Leôncio pela gola e sacudindo-o com força:

— Algoz! — bradou espumando de raiva. — Aí tens a tua escrava! Mas antes de levá-la, hás de responder pelos insultos que me tens dirigido, ouviste?... Ou acaso pensas que eu também sou teu escravo?...

— Está louco, homem! — disse Leôncio amedrontado. — As leis do nosso país não permitem o duelo.

— Que me importam as leis!... Para o homem de brio a honra é superior às leis, e se não és um covarde, como penso...

---

1 Note que os argumentos dos personagens respondem a ideologias diferentes: Leôncio é escravocrata e Álvaro, abolicionista.

— Socorro, que querem assassinar-me — bradou Leôncio desembaraçando-se das mãos de Álvaro e correndo para a porta.

— Infame! — rugiu Álvaro, cruzando os braços e rangendo os dentes num sorrir de cólera e desdém...

No mesmo momento, atraídos pelo barulho, entravam na sala, de um lado, Isaura e Miguel, do outro, o oficial de justiça e os guardas.

Isaura estava com o ouvido aguçado, e do interior da casa ouvira e compreendera tudo. Viu que tudo estava perdido e correu a atalhar o desatino que por amor dela Álvaro ia cometer.

— Aqui estou, senhor! — foram as únicas palavras que pronunciou apresentando--se de braços cruzados diante de seu senhor.

— Ei-los aí; são estes! — exclamou Leôncio indicando aos guardas Isaura e Miguel. — Prendam-os!... Prendam-os!...[1]

— Vai-te, Isaura, vai-te — murmurou Álvaro com voz trêmula e sumida, achegando-se da cativa. — Não desanimes; eu não te abandonarei. Confia em Deus e em meu amor.

Uma hora depois Álvaro recebia em casa a visita de Martinho. Vinha este mui ancho e lampeiro dar conta de sua comissão, e sôfrego por embolsar a soma convencionada.

"Dez contos!... Oh!", vinha ele pensando. "É uma fortuna! Agora sim, posso eu viver independente!... Adeus, surrados bancos de Academia!... Adeus, livros sebosos, que tanto tempo andei folheando à toa!... Vou atirar-vos pela janela afora; não preciso mais de vós; meu futuro está feito. Em breve serei capitalista, banqueiro, comendador, barão, e verão para quanto presto!..."

E à força de multiplicar cálculos de usura e agiotagem, já Martinho havia centuplicado aquela soma em sua imaginação.

— Meu caro senhor Álvaro — veio logo dizendo sem mais preâmbulos —, está tudo arranjado à medida de nossos desejos. Pode vossa senhoria viver tranquilo, em companhia da gentil fugitiva, que daqui em diante ninguém mais importunará. De feito o procedimento de vossa senhoria nessa questão tem sido muito belo e digno de elogios; é próprio de um coração grande e generoso como o de vossa senhoria. Não se dá maior desaforo! No cativeiro uma menina tão mimosa e tão prendada!... Agora aqui está a carta, que escrevo ao lorpa do sultãozinho. Prego-lhe meia dúzia de carapetões, que o hão de desorientar completamente.

Assim falando, Martinho desdobrou a carta, e já começava a lê-la quando Álvaro impacientado o interrompeu.

— Basta, senhor Martinho — disse-lhe com mau humor. — O negócio está arranjado; não preciso mais de seus serviços.

— Arranjado!... Como?...

— A escrava está em poder de seu senhor.

— De Leôncio!... Impossível!

---

1 Hoje o correto seria dizer: "prendam-nos".

— Entretanto é a pura verdade; se quiser saber mais, vá à polícia e indague.

— E os meus dez contos?...

— Creio que não lhos devo mais.

Martinho soltou um urro de desespero, e saiu da casa de Álvaro com tal precipitação que parecia ir rolando pelas escadas abaixo.

Descrever o mísero estado em que ficou aquela pobre alma é empresa em que não me meto; os leitores que façam ideia.

O cão faminto, iludido pela sombra, largou a carne que tinha entre os dentes e ficou sem uma nem outra.

Capítulo 19

— Olha como arranjas isso, Rosa; esta rapariga é mesmo uma estouvada; não tem jeito para nada. Bem mostras que não nasceste para a sala; o teu lugar é na cozinha.

— Ora vejam lá a figura de quem quer me dar regras!... Quem te chamou aqui, intrometido? O teu lugar também não é aqui, é lá na estrebaria. Vai lá governar os teus cavalos, André, e não te intrometas no que não te importa.

— Cala-te daí, toleirona — replicou André mudando de lugar algumas cadeiras. — O que sabes é só tagarelar. Não é aqui o lugar dessas cadeiras... Olha como estão esses jarros!... Ainda nem alimpaste os espelhos!... Forte desajeitada e preguiçosa que és!... No tempo de Isaura, andava tudo isto aqui que era um mimo; fazia gosto entrar-se nesta sala. Agora, é isso. Está claro que não és para essas coisas.

— Essa agora é bem lembrada! — retorquiu Rosa, altamente despeitada. — Se tens saudades do tempo de Isaura, vai lá tirá-la do quarto escuro do tronco, onde ela está morando. Esse decerto ela não há de ter gosto para enfeitá-lo de flores.

— Cala a boca, Rosa; olha que tu também lá podes ir parar.

— Eu não, que não sou fujona.

— Por que não achas quem te carregue, senão fugirias até com o diabo. Coitada da Isaura! Uma rapariga tão boa e tão mimosa, tratada como uma negra da cozinha! E não tens pena dela, Rosa?

— Pena por quê, agora?... Quem mandou ela fazer das suas?

— Pois olha, Rosa, eu estava pronto a aguentar a metade do castigo que ela está sofrendo, mas na companhia dela, está entendido.

— Isso pouco custa, André; é fazer o que ela fez. Vai, como ela, tomar ares em Pernambuco, que infalivelmente vais para a companhia de Isaura.

— Quem dera!... Se soubesse que me prendiam com ela, isso é que era um fugir. Mas o diabo é que a pobre Isaura agora vai deixar a nós todos para sempre. Que falta não vai fazer nesta casa!...[1]

---

1 Note que André faz uma insinuação que tem como objetivo provocar suspense para o desfecho.

— Deixar como?

— Você verá.

— Foi vendida?...

— Qual vendida!

— Alheada?

— Nem isso.

— Está forra?...

— Que abelhuda!... Espera, Rosa; tem paciência um pouco, que hoje mesmo talvez você venha a saber tudo.

— Ora ponha-se com mistérios... Então o que você sabe os outros não podem saber?...

— Não é mistério, Rosa; é desconfiança minha. Aqui em casa não tarda a haver novidade grossa; vai escutando.

— Ah! Ah! — respondeu Rosa galhofando. — Você mesmo está com cara de novidade.

— Psiu!... Bico calado, Rosa!... Aí vem nhonhô[1].

Pelo diálogo acima o leitor bem vê que nos achamos de novo na fazenda de Leôncio, no município de Campos, e na mesma sala em que no começo desta história encontramos Isaura entoando sua canção favorita.

Cerca de dois meses são decorridos depois que Leôncio fora ao Recife apreender sua escrava. Leôncio e Malvina tinham se reconciliado, e vindos da corte tinham chegado à fazenda na véspera. Alguns escravos, entre os quais se acham Rosa e André, estão asseando o soalho, arranjando e espanando os móveis daquele rico salão, testemunha impassível dos mistérios da família, de tantas cenas, ora tocantes e enlevadoras, ora vergonhosas e sinistras, e que durante a ausência de Malvina se conservara sempre fechado.

Qual é, porém, a sorte de Isaura e de Miguel, desde que deixaram Pernambuco? Que destino deu Leôncio ou pretende dar àquela?... Por que maneira se reconciliou com sua mulher?

Eis o que passamos a explicar ao leitor, antes de prosseguirmos nesta narrativa.[2]

Leôncio, tendo trazido Isaura para sua fazenda, a conservara na mais completa e rigorosa reclusão. Não era isso só com o fim de castigá-la ou de cevar sua feroz vingança sobre a infeliz cativa. Sabia quanto era ardente e capaz de extremos o amor que o jovem pernambucano concebera por Isaura; tinha ouvido as últimas palavras que Álvaro lhe dirigira: "Confia em Deus e em meu amor; eu não te abandonarei". Era uma ameaça, e Álvaro, rico e audacioso como era, dispunha de grandes meios para pô-la em execução, quer por alguma violência, quer por meio de astúcias e insídias. Leôncio, portanto, não só

1 Tratamento dado ao senhor moço pelos escravos.

2 Aqui um novo *flash-back*.

encarcerava com todo o rigor a sua escrava, como também armou todos os seus escravos, que, daí em diante, distraídos quase completamente dos trabalhos da lavoura, viviam em alerta dia e noite como soldados de guarnição a uma fortaleza.

Mas a alma ardente e feroz do jovem fazendeiro não desistia nunca de seu louco amor, e nem perdia a esperança de vencer a isenção de Isaura.

E já não era só o amor ou a sensualidade que o arrastava; era um capricho tirânico, um desejo feroz e satânico de vingar-se dela e do rival preferido. Queria gozá-la, fosse embora por um só dia, e, depois de profanada e poluída, entregá-la desdenhosamente ao seu antagonista, dizendo-lhe: "Venha comprar a sua amante; agora estou disposto a vendê-la, e barato".[1]

Encetou pois contra ela nova campanha de promessas, seduções e protestos, seguidos de ameaças, rigores e tiranias. Leôncio só recuou diante da tortura e da violência brutal, não porque lhe faltasse ferocidade para tanto, mas porque, conhecendo a têmpera heróica da virtude de Isaura, compreendeu que com tais meios só conseguiria matá-la, e a morte de Isaura não satisfazia o seu sensualismo e nem tampouco a sua vingança. Portanto tratou de meditar novos planos, não só para recalcar debaixo dos pés o que ele chamava o orgulho da escrava, como para frustrar e escarnecer completamente as vistas generosas de Álvaro, tomando assim de ambos a mais cabal vingança.[2]

Além de tudo, Leôncio via-se na absoluta necessidade de reconciliar-se com Malvina, não que o pundonor, a moral e muito menos a afeição conjugal a isso o induzissem, mas por motivos de interesse, que em breve o leitor ficará sabendo. Com esse fim, pois, Leôncio foi à corte e procurou Malvina.

Além de todas as más qualidades que possuía, a mentira, a calúnia, o embuste eram armas que manejava com a habilidade do mais refinado hipócrita. Mostrou-se envergonhado e arrependido do modo por que a havia tratado, e jurou apagar com o seu futuro comportamento até a lembrança de seus passados desvarios. Confessou, com uma sinceridade e candura de anjo, que por algum tempo se deixara enlevar pelos atrativos de Isaura, mas que isso não passara de passageiro desvario, que nenhuma impressão lhe deixara na alma.

Além disso assacou mil aleives e calúnias por conta da pobre Isaura. Alegou que ela, como refinada loureira que era, empregara os mais sutis e ardilosos artifícios para seduzi-lo e provocá-lo, no intuito de obter a liberdade em troco de seus favores. Inventou mil outras coisas, e por fim fez Malvina acreditar que Isaura fugira de casa seduzida por um galã, que há muito tempo a requestava, sem que eles o soubessem; que fora esse quem fornecera ao pai dela os meios de alforriá-la, e que, não o podendo conseguir, combinaram de mãos dadas e efetuaram o plano de rapto; que, chegando ao Recife, um moço, que tanto tinha de rico como de extravagante e desmiolado, enamorando-se dela, a tomara a seu primeiro amante; que Isaura com seus artifícios, dando-se por uma senhora livre, o

1 Note como a virgindade é um símbolo importante na luta entre o senhor e a escrava, homem e mulher.

2 Observe como Leôncio planeja friamente uma vingança contra Isaura.

tinha enleado e iludido por tal forma que o pobre moço estava a ponto de casar-se com ela, e mesmo depois de saber que era cativa não queria largá-la e, praticando mil escândalos e disparates, estava disposto a tudo para alforriá-la. Fora das mãos desse moço que ele a fora tomar no Recife.

Malvina, moça ingênua e crédula, com um coração sempre propenso à ternura e ao perdão, deu pleno crédito a tudo quanto aprouve a Leôncio inventar não só para justificar suas faltas passadas, como para predispor o comportamento que daí em diante pretendia seguir.

Na qualidade de esposa ofendida irritara-se outrora contra Isaura, quando surpreendera seu marido dirigindo-lhe falas amorosas; mas o seu rancor ia se amainando e se desvaneceria de todo se Leôncio não viesse com falsas e aleivosas informações atribuir-lhe os mais torpes procedimentos. Malvina começou a sentir por Isaura, desde esse momento, não ódio, mas certo afastamento e desprezo, mesclado de compaixão, tal qual sentiria por outra qualquer escrava atrevida e malcomportada.

Era quanto bastava a Leôncio para associá-la ao plano de castigo e vingança que projetava contra a desditosa escrava. Bem sabia que Malvina com a sua alma branda e compassiva jamais consentiria em castigos cruéis; o que meditava, porém, nada tinha de bárbaro na aparência, se bem que fosse o mais humilhante e doloroso flagício imposto ao coração de uma mulher, que tinha consciência de sua beleza e da nobreza e elevação de seu espírito.

— E o que pretendes fazer de Isaura? — perguntou Malvina.

— Dar-lhe um marido e carta de liberdade.

— E já achaste esse marido?

— Pois faltam maridos?... Para achá-lo não precisei sair de casa.

— Algum escravo, Leôncio?... Oh!... Isso não.

— E que tinha isso, uma vez que eu também forrasse o marido? Era cré com cré, lé com lé[1]. Bem me lembrei do André, que bebe os ares por ela; mas por isso mesmo não a quero dar àquele maroto. Tenho para ela peça muito melhor.

— Quem, Leôncio?

— Ora quem!... O Belchior.

— O Belchior!... — exclamou Malvina rindo-se muito. — Estás caçoando; fala sério, quem é?...

— É o Belchior, senhora; falo sério.

— Mas esperas, acaso, que Isaura queira casar-se com aquele monstrengo?

— Se não quiser, pior para ela; não lhe dou a liberdade, e há de passar a vida enclausurada e em ferros.

— Oh!... Mas isso é demasiada crueldade, Leôncio. De que serve dar-lhe a liberdade em tudo, se não lhe deixas a de escolher um marido?... Dá-lhe a liberdade, Leôncio, e deixa ela casar-se com quem quiser.

---

1 Dito popular que significa fazer as coisas de modo conveniente.

— Ela não se casará com ninguém; irá voando direitinho para Pernambuco e lá ficará muito lampeira nos braços de seu insolente taful, escarnecendo de mim...

— E que tens com isso, Leôncio? — perguntou Malvina com certo ar desconfiado.

— Que tenho!... — replicou Leôncio um pouco perturbado com a pergunta. — Ora que tenho!... É o mesmo que perguntar-me se tenho brio nas faces. Se soubesses como aquele papalvo provocou-me atirando-me insultos atrozes!... Como desafiou-me com mil bravatas e ameaças, protestando que havia de arrancar Isaura ao meu poder... Se não fosse por tua causa, e também por satisfazer os votos de minha mãe, eu nunca daria a liberdade a essa escrava, embora nenhum serviço me prestasse e tivesse de tratá-la como uma princesa, só para quebrar a proa e castigar a audácia e petulância desse impudente rufião.

— Pois bem, Leôncio; mas eu entendo que Isaura mais facilmente se deixará queimar viva do que se casar com Belchior.

— Não te dê isso cuidado, minha querida; havemos de catequizá-la convenientemente. Tenho cá forjado o meu plano, com o qual espero reduzi-la a casar-se com ele de muito boa vontade.

— Se ela consentir, não tenho motivo para me opor a esse arranjo.

Leôncio de feito havia habilmente preparado o seu plano atroz. Tendo trazido do Recife a Miguel debaixo de prisão, juntamente com Isaura, ao chegar em Campos fê-lo encerrar na cadeia e condenar a pagar todas as despesas e prejuízos que tivera com a fuga de Isaura, as quais fizera orçar em uma soma exorbitante. Ficou, portanto, o pobre homem exausto dos últimos recursos que lhe restavam, e ainda por sobrecarga devendo uma soma enorme, que só longos anos de trabalho poderiam pagar. Como Leôncio era rico, amigo dos ministros e tinha grande influência no lugar, as autoridades locais prestaram-se de boa mente a todas essas perseguições.

Depois que Leôncio, desanimado de poder vencer a obstinada relutância de Isaura, mudou o seu plano de vingança, foi ele em pessoa procurar a Miguel.

— Senhor Miguel — disse-lhe em tom formalizado —, tenho comiseração do senhor e de sua filha, apesar dos incômodos e prejuízos que me têm dado, e venho propor-lhe um meio de acabarmos de uma vez para sempre com as desordens, intrigas e transtornos com que sua filha tem perturbado minha casa e o sossego de minha vida.

— Estou pronto para qualquer arranjo, senhor Leôncio — respondeu respeitosamente Miguel —, uma vez que seja justo e honesto.

— Nada mais honesto, nem mais justo. Quero casar sua filha com um homem de bem e dar-lhe a liberdade; porém para esse fim preciso muito de sua coadjuvação.

— Pois diga em que lhe posso servir.

— Sei que Isaura há de sentir alguma repugnância em casar-se com a pessoa que lhe destino, em razão de tola e extravagante paixão que parece ainda ter por aquele infame peralvilho de Pernambuco, que lhe meteu mil caraminholas na cabeça e encheu-a de ideias extravagantes e loucas esperanças.

— Creio que ela não deve lembrar-se desse moço senão por gratidão...

— Qual gratidão!... Pensa vossemecê que ele está fazendo muito caso dela?... Tanto como do primeiro sapato que calçou. Aquilo foi um capricho de cabeça estonteada, uma fantasia de fidalgote endinheirado, e a prova aqui está; leia esta carta... O patife tem a sem-cerimônia de escrever-me, como se entre nós nada houvesse, assim com ares de amigo velho, participando-me que se acha casado!... Que tal lhe parece esta?... Que tenho eu com seu casamento!... Mas isso ainda não é tudo; aproveitando a ocasião, pede-me com todo o desfaçamento que em todo e qualquer tempo que eu me resolva a dispor de Isaura, nunca o faça sem participar-lhe, porque muito deseja tê-la para mucama de sua senhora! É até onde pode chegar o cinismo e a impudência!...

— Com efeito, senhor!... Isso da parte do senhor Álvaro é custoso de acreditar!

— Pois capacite-se com seus próprios olhos; leia; não conhece esta letra?...

E dizendo isso Leôncio apresentou a Miguel uma carta, cuja letra imitava perfeitamente a de Álvaro.[1]

— A letra é dele; não resta dúvida — disse Miguel pasmado do que acabava de ler. — Há neste mundo infâmias que custa-se a compreender.

— E também lições cruéis, que é preciso não desprezar, não é assim, senhor Miguel?... Pois bem; guarde essa carta para mostrar à sua filha; é bom que ela saiba de tudo para não contar mais com esse homem e varrer do espírito as fumaças que porventura ainda lhe toldam o juízo. Faça também vossemecê o que estiver em seu possível a fim de predispor sua filha para esse casamento, que é de muita vantagem, e eu não só lhe perdoarei tudo quanto me fica devendo como lhe restituo o que já me deu, para vossemecê abrir um negócio aqui em Campos e viver tranquilamente o resto de seus dias, em companhia de sua filha e de seu genro.

— Mas quem é esse genro? Vossa senhoria me não disse ainda.

— É verdade... Esquecia-me. É o Belchior, o meu jardineiro; não conhece?...

— Muito!... Oh! Senhor!... Com que miserável figura quer casar minha filha!... Pobre Isaura!... Duvido muito que ela queira.

— Que importa a figura, se tem uma boa alma e é honesto e trabalhador?...

— Lá isso é verdade; o ponto é ela querer.

— Estou certo de que, aconselhada e bem catequizada por vossemecê, há de se resolver.

— Farei o que puder; mas tenho poucas esperanças.

— E, se não quiser, pior para ela e para vossemecê: o dito por não dito; fica tudo como estava — disse terminantemente Leôncio.

Miguel não era homem de têmpera a lutar contra a adversidade. O cativeiro e reclusão perene de sua filha, a miséria que se lhe antolhava acompanhada de mil angústias eram para ele fantasmas hediondos, cujo aspecto não podia encarar sem sentir mortal pavor e abatimento. Não achou muito oneroso o preço pelo qual o desumano senhor, livrando-o da miséria, concedia liberdade à sua filha, e aceitou o convênio.

1 Essa carta faz parte da vingança de Leôncio.

Capítulo 20

Enquanto Rosa e André espanejavam os móveis do salão, tagarelando alegremente, uma cena bem triste e compungente se passava em um escuro aposento atinente às senzalas, onde Isaura, sentada sobre um cepo, com um dos alvos e mimosos artelhos preso por uma corrente cravada à parede, há dois meses se achava encarcerada.

Miguel aí tinha sido introduzido por ordem de Leôncio, para dar parte à filha do projeto de seu senhor e exortá-la a aceitar o partido que lhes propunha. Era pungente e desolador o quadro que apresentavam aquelas duas míseras criaturas, pálidas, extenuadas e abatidas pelo infortúnio, encerrados em uma estreita e lôbrega espelunca. Ao se encontrarem depois de dois longos meses, mais oprimidos e desgraçados que nunca, a primeira linguagem com que se saudaram não foi mais do que um coro de lágrimas e soluços de indizível angústia, que, abraçados por largo tempo, estiveram entornando no seio um do outro.

— Sim, minha filha; é preciso que te resignes a esse sacrifício, que é desgraçadamente o único recurso que nos deixam. É com essa condição que venho abrir-te as portas desta triste prisão em que há dois meses vives encerrada. É, sem dúvida, um cruel sacrifício para teu coração; mas é sem comparação mais suportável do que esse duro cativeiro, com que pretendem matar-te.

— É verdade, meu pai; o meu carrasco dá-me a escolha entre dois jugos; mas eu ainda não sei qual dos dois será mais odioso e insuportável. Eu sou linda, dizem; fui educada como uma rica herdeira; inspiram-se uma alta estima de mim mesma com o sentimento do pudor e da dignidade da mulher; sou uma escrava, que faz muita moça formosa morder-se de inveja; tenho dotes incomparáveis do corpo e do espírito; e tudo isto para quê, meu Deus!?... Para ser dada de mimo a um mísero idiota!... Pode-se dar mais cruel e pungente escárnio?!...

E uma risada convulsiva e sinistra desprendeu-se dos lábios descorados de Isaura e reboou pelo lúgubre aposento, como o estrídulo ulular do mocho entre os sepulcros.[1]

— Não é tanto como se te afigura na imaginação abalada pelos sofrimentos. O tempo pode muito, e com paciência e resignação hás de te acostumar a esse novo viver, sem dúvida muito mais suave do que este inferno de martírios, e poderemos ainda gozar dias se não felizes, ao menos mais tranquilos e serenos.

— Para mim a tranquilidade não pode existir senão na sepultura, meu pai. Entre os dois suplícios que me deixam escolher, eu vejo ainda alguma coisa que me sorri como uma ideia consoladora, um recurso extremo, que Deus reserva para os desgraçados, cujos males são sem remédio.

— É da resignação, sem dúvida, que queres falar, não é, minha filha?...

— Ah! Meu pai, quando a resignação não é possível, só a morte...

1 A risada de Isaura tem quase uma conotação de sandice.

— Cala-te, filha!... Não digas blasfêmias e palavras loucas. Eu quero, eu preciso que tu vivas. Terás ânimo de deixar teu pai neste mundo sozinho, velho e entregue à miséria e ao desamparo? Se me faltares, o que será de mim nas tristes conjunturas em que me deixas?...

— Perdoe-me, meu bom, meu querido pai; só em um caso extremo eu me lembraria de morrer. Eu sei que devo viver para meu pai, e é isso que eu quero; mas para isso será preciso que eu me case com um disforme?... Oh! Isso é escárnio e opróbrio demais! Tenham-me debaixo do mais rigoroso cativeiro, ponham-me na roça de enxada na mão, descalça e vestida de algodão, castiguem-me, tratem-me enfim como a mais vil das escravas, mas por caridade poupem-me esse ignominioso sacrifício!...

— Belchior não é tão disforme como te parece; e demais o tempo e o costume te farão familiarizar com ele. Há muito tempo não o vês; com a idade ele vai se endireitando, que é ele ainda muito criança. Agora o desconhecerás; já não tem aquele exterior tão grosseiro e desagradável, e tem tomado outras maneiras menos toscas. Toma ânimo, minha filha; quando saíres deste triste calabouço, o ar da liberdade te restituirá a alegria e a tranquilidade, e, mesmo com o marido que te dão, poderás viver feliz...

— Feliz! — exclamou Isaura com amargo sorriso. — Não me fale em felicidade, meu pai. Se ao menos eu tivesse o coração livre como outrora... Se não amasse a ninguém. Oh!... Não era preciso que ele me amasse, não; bastava que me quisesse para escrava, aquele anjo de bondade, que em vão empregou seus generosos esforços para arrancar-me deste abismo. Quanto eu seria mais feliz do que sendo mulher desse pobre homem, com quem me querem casar! Mas ai de mim! Devo eu pensar mais nele? Pode ele, nobre e rico cavalheiro, lembrar-se ainda da pobre e infeliz cativa!...

— Sim, minha filha, não penses mais nesse homem; varre da tua ideia esse amor tresloucado; sou eu quem te peço e te aconselho.

— Por quê, meu pai?... Como poderei ser ingrata a esse moço?...

— Mas não deves contar mais com ele, e muito menos com o seu amor.

— Por que motivo? Porventura se terá ele esquecido de mim?...

— Tua humilde condição não permite que olhes com amor para tão alto personagem; um abismo te separa dele. O amor que lhe inspiraste não passou de um capricho de momento, de uma fantasia de fidalgo. Bem me pesa dizer-te isto, Isaura; mas é a pura verdade.

— Ah! Meu pai! Que está dizendo!... Se soubesse que mal me fazem essas terríveis palavras!... Deixe-me ao menos a consolação de acreditar que ele me amava, que me ama ainda. Que interesse tinha ele em iludir uma pobre escrava?...

— Eu bem quisera poupar-te ainda este desgosto; mas é preciso que saibas tudo. Esse moço... Ah! Minha filha, prepara teu coração para mais um golpe bem cruel.

— Que tem esse moço?... — perguntou Isaura trêmula e agitada. — Fale, meu pai; acaso morreu?...

— Não, minha filha, mas... está casado.

— Casado!... Álvaro casado!... Oh! Não; não é possível!... Quem lhe disse, meu pai?...

— Ele mesmo, Isaura; lê esta carta.

Isaura tomou a carta com mão trêmula e convulsa, e a percorreu com olhos desvairados. Lida a carta, não articulou uma queixa, não soltou um soluço, não derramou uma lágrima, e ela, pálida como um cadáver, os olhos estatelados, a boca entreaberta, muda, imóvel, hirta, ali ficou por largo tempo na mesma posição; dir-se-ia que fora petrificada como a mulher de Ló[1] ao encarar as chamas em que ardia a cidade maldita. Enfim, por um movimento rápido e convulso, atirou-se ao seio de seu pai e inundou-o de uma torrente de lágrimas.

Esse pranto copioso aliviou-a; ergueu a cabeça, enxugou as lágrimas, e pareceu ter recobrado a tranquilidade, mas uma tranquilidade gélida, sinistra, sepulcral. Parecia que sua alma se tinha aniquilado sob a violência daquele golpe esmagador, e que de Isaura só restava o fantasma.

— Estou morta, meu pai!... Não sou mais que um cadáver... Façam de mim o que quiserem...

Foram essas as últimas palavras que com voz fúnebre e sumida proferiu naquele lôbrego recinto.

— Vamos, minha filha — disse Miguel beijando-a na fronte. — Não te entregues assim ao desalento; tenho esperança de que hás de viver e ser feliz.

Miguel, espírito acanhado e rasteiro, coração bom e sensível, mas inteiramente estranho às grandes paixões, não podia compreender todo o alcance do sacrifício que impunha a sua filha. Encarando a felicidade mais pelo lado dos interesses da vida positiva e material, não pelos gozos e exigências do coração, ousava conceber sinceras esperanças de mais felizes e tranquilos dias para sua filha, e não via que, sujeitando-a a semelhante opróbrio, aviltando-lhe a alma, ia esmagar-lhe o coração. Queria que ela vivesse, e não via que aquele ignominioso consórcio, depois de tantas e tão acerbas torturas por que passara, era o golpe de compaixão que, terminando-lhe a existência, vinha abreviar-lhe os sofrimentos.[2]

Malvina achava-se no salão e ali esperava o resultado da conferência que Miguel fora ter com sua filha. Rosa e André, de braços cruzados junto à porta da entrada, também ali se achavam às suas ordens.

Malvina sentiu um doloroso aperto de coração ao ver assomar na porta o vulto de Isaura, arrimada ao braço de Miguel, lívida e desfigurada como enferma em agonia, os cabelos em desalinho, e com passos malseguros penetrar, como um duende evocado do sepulcro, naquele salão, onde não há muito tempo a vira tão radiante de beleza e mocidade, naquele salão, que parecia ainda repetir os últimos acentos de sua voz suave e melodiosa.

---

1 Segundo o relato da Bíblia, a mulher de Ló foi transformada em estátua de sal porque, ao fugir de Sodoma, que estava sendo destruída por Deus, olhou para trás, desrespeitando a proibição ditada pelos anjos.

2 Miguel é um personagem anti-romântico, ao contrário de Isaura, para quem a paixão está acima das necessidades materiais.

Mesmo assim ainda era bela a mísera cativa. A magreza fazendo sobressaírem os contornos e ângulos faciais realçava a pureza ideal e a severa energia daquele tipo antigo.

Os grandes olhos pretos cobertos de luz baça e melancólica eram como círios funéreos sob a arcada sombria de uma capela tumular. Os cabelos entornados em volta do colo faziam ondular por eles leves sombras de maravilhoso efeito, como festões de hera a se debruçarem pelo mármore vetusto de estátua empalidecida pelo tempo. Naquela miseranda situação, Isaura oferecia ao escultor um formoso modelo da Níobe[1] antiga.

— Aquela é Isaura!... Oh!... Meu Deus! Coitada! — murmurou Malvina ao vê-la, e foi-lhe mister enxugar duas lágrimas, que a seu pesar umedeceram-lhe as pálpebras. Esteve a ponto de ir implorar clemência a seu esposo em favor da pobrezinha, mas lembrou-se das perversas inclinações e mau comportamento que Leôncio aleivosamente atribuíra a Isaura, e assentou de revestir-se de toda a impassibilidade que lhe fosse possível.

— Então, Isaura — disse Malvina com brandura —, já tomaste a tua resolução?... estás decidida a casar com o marido que te queremos dar?

Isaura por única resposta abaixou a cabeça e fitou os olhos no chão.

— Sim, senhora — respondeu Miguel por ela. — Isaura está resolvida a se conformar com a vontade de vossa senhoria.

— Faz muito bem. Não é possível que ela esteja a sofrer por mais tempo esse cruel tratamento, em que não posso consentir enquanto estiver nesta casa. Não foi para esse fim que sua defunta senhora criou-a com tanto mimo e deu-lhe tão boa educação. Isaura, apesar de tua descaída, quero-te bem ainda, e não tolerarei mais semelhante escândalo. Vamos dar-te ao mesmo tempo a liberdade e um excelente marido.

“Excelente!... Meu Deus! Que escárnio!”, refletiu Isaura.

— Belchior é muito bom moço, inofensivo, pacífico e trabalhador; creio que hás de dar-te otimamente com ele. Demais, para obter a liberdade nenhum sacrifício é grande, não é assim, Isaura?

— Sem dúvida, minha senhora; já que assim o quer, sujeito-me humildemente ao meu destino. “Arrancam-me da masmorra”, continuou Isaura em seu pensamento, “para levarem-me ao suplício.”

— Muito bem, Isaura; mostras que és uma rapariga dócil e de juízo. André, vai chamar aqui o senhor Belchior. Quero eu mesma ter o gosto de anunciar-lhe que vai enfim realizar o seu sonho querido de tantos anos. Creio que o senhor Miguel também não ficará malsatisfeito com o arranjo que damos a sua filha; sempre é alguma coisa sair do cativeiro e casar-se com um homem branco e livre. Antes assim do que fugir e andar foragida por este mundo. Isaura, para prova de quanto desejo o teu bem, quero ser madrinha nesse casamento, que vai pôr termo a teus sofrimentos e restabelecer nesta casa a paz e o contentamento, que há muito tempo dela andavam arredados.

Ditas essas palavras, Malvina abriu um cofre de joias, que estava sobre uma mesa, e dele tirou um rico colar de ouro que foi colocar no pescoço de Isaura.

---

1 De acordo com a mitologia grega, Níobe foi rainha da Frígia, mãe de sete filhos e sete filhas, que zombou de Leto por ter ele apenas dois filhos (Apolo e Diana). Estes vingaram-se da ofensa, matando todos os filhos de Níobe, que foi transformada por Zeus numa estátua chorosa.

— Aceita isto, Isaura — disse ela —, é o meu presente de noivado.

— Agradecida, minha boa senhora — disse Isaura, e acrescentou em seu coração: "É a corda que o carrasco vem lançar ao pescoço da vítima".

Nesse momento vem entrando Belchior acompanhado por André.

— Eis-me aqui, senhora minha — diz ele —, o que deseja deste seu menor criado?

— Dar-lhe os parabéns, senhor Belchior — respondeu Malvina.

— Parabéns!... Mas eu não sei por quê!...

— Pois eu lhe digo; fique sabendo que Isaura vai ser livre, e... adivinhe o resto.

— E vai-se embora decerto... Oh!... É uma desgraça!

— Já vejo que não é bom adivinhador. Isaura está resolvida a casar-se com o senhor.

— Que me diz, patroa!... Perdão, não posso acreditar. Vossemecê está zombando comigo.

— Digo-lhe a verdade; aí está ela, que não me deixará mentir. Apronte-se, senhor Belchior, e quanto antes, que amanhã mesmo há de se fazer o casamento aqui mesmo em casa.

— Oh! Senhora minha! Divindade da Terra! — exclamou Belchior indo se atirar aos pés de Malvina e procurando beijá-los. — Deixe-me beijar esses pés...

— Levante-se daí, senhor Belchior; não é a mim, é a Isaura que deve agradecer.

Belchior levanta-se e corre a prostrar-se aos pés de Isaura.

— Oh! Princesa de meu coração! — exclamou ele, atracando-se às pernas da pobre escrava, que, fraca como estava, quase foi a terra com a força daquela furiosa e entusiástica atracação. Era para fazer rebentar de riso a quem não soubesse quanto havia de trágico e doloroso no fundo daquela ímpia e ignóbil farsa.

— Isaura!... Não olhas para mim? Aqui tens a teus pés este teu menor cativo, Belchior!... Olha para ele, para este teu adorador, que hoje é mais do que um príncipe... Dá cá essa mãozinha, deixa-me comê-la de beijos...

"Meu Deus! Que farsa hedionda obrigam-me a representar!", murmurou Isaura consigo, e voltando a face abandonou a mão a Belchior que, colando a ela a boca no transporte do entusiasmo, desatou a chorar como uma criança.

— Olha que palerma! — disse André para Rosa, que observava de parte aquela cena tragicômica. — E venham cá dizer-me que não é o mel para a boca do asno!

— Eu antes queria que me casassem com um jacaré.

— Esse meu sinhô moço tem ideias do diabo! Quem havia de lembrar-se de casar uma sereia com um boto?

— Invejoso!... Você é que queria ser o boto, por isso está aí a torcer o nariz. Toma!... Bem-feito!... Agora o que faltava era que o nhonhô te desse de dote à Isaura.

— Isso queria eu!... Aposto que Isaura não vai casar de livre vontade! E depois... nós cá nos arranjaríamos... Havia de enfiar o boto pelo fundo de uma agulha.

— Sai daí, tolo!... Pensa que Isaura faz caso de você?...

— Não te arrebites, minha Rosa; já agora não há remédio senão contentar-me contigo, que em fim de contas também és bem bonitinha, e... tudo que cai no jequi é peixe.

— É baixo!... Aguente a sua tábua e vá consolar-se com quem quiser, menos comigo.

Capítulo 21

— Então, Leôncio — dizia Malvina a seu esposo no outro dia pela manhã —, deste as providências necessárias para arranjar-se esse negócio hoje mesmo?

— Creio que é a centésima vez que me fazes essa pergunta, Malvina — respondeu Leôncio sorrindo-se. — Todavia pela centésima vez te responderei, também, que as providências que estão da minha parte já foram todas dadas. Ontem mesmo mandei um próprio a Campos, e não tardarão a chegar por aí o tabelião para passar escritura de liberdade a Isaura com toda a solenidade e também o padre para celebrar o casamento. Bem vês que de nada me esqueci. Tratem de estar todos prontos; e tu, Malvina, manda já preparar a capela para se efetuar esse casamento, que pareces desejar com mais ardor — acrescentou sorrindo — do que desejaste o teu próprio.

Malvina saiu do salão, deixando Leôncio em companhia de um terceiro personagem, que também ali se achava, por nome Jorge, a quem o leitor ainda não conhece. Dizendo que era um parasita, ainda não temos dito tudo.

Esse gênero contém muitas variedades, e mesmo cada indivíduo tem sua cor e feição particular. Era um homem bem-apessoado, espirituoso, serviçal, cheio de cortesia e amabilidade, condições indispensáveis a um bom parasita. Jorge não vivia da seiva e da sombra de uma só árvore; saltava de uma a outra, e assim peregrinava por longas distâncias, o que era da sua parte um excelente cálculo, pois proporcionava-lhe uma vida mais variada e recreativa, ao mesmo tempo que tornava sua companhia menos incômoda e fatigante aos seus numerosos amigos. Conhecia e entretinha relações de amizade com todos os fazendeiros das margens do Paraíba, desde São João da Barra até São Fidélis. A crer no que dizia, andava sempre cheio de afazeres e dando andamento a mil negócios importantes, mas estava sempre pronto a prescindir deles a convite de qualquer desses amigos para passar uns oito ou quinze dias em sua companhia.

Na solidão em que Leôncio se achou depois de seu rompimento com Malvina, Jorge foi para ele um excelente recurso quando se achava na fazenda. Servia-lhe de companheiro não só à mesa, como ao jogo e à caça; entretinha-o a contar-lhe anedotas divertidas e escandalosas, aplaudia-lhe os desvarios e extravagâncias, e lisonjeava-lhe as ruins paixões, enquanto Leôncio, que o acreditava realmente um amigo, fazia dele o seu confidente e comunicava-lhe os seus mais íntimos pensamentos, os seus planos de perversidade e os mais secretos negócios de família.

Para melhor entrarmos no mistério dos planos atrozes e ignóbeis, das satânicas maquinações de Leôncio, ouçamos a conversação íntima que vão tratar esses dois entes dignos um do outro.

— Até que por fim, Jorge, achei um meio engenhoso e seguro de aplanar todas as dificuldades. Dessa maneira espero que tudo se vai arranjar às mil maravilhas.

— Seguramente, e já de antemão te dou os parabéns pelos teus triunfos e aplaudo-te pela feliz combinação de teus planos.

— Mas escuta ainda para melhor poderes compreendê-los. Com esse casamento ficam satisfeitos os desejos de minha mulher, sem que Isaura escape de todo ao meu poder. Como o pai dela está debaixo de minha restrita dependência, eu saberei reter junto de mim esse estúpido jardineiro com quem caso-a, e depois... Tu bem sabes, o tempo e a perseverança amansam as feras mais bravias. Entretanto a atrevida escrava receberá o castigo que merece sua inqualificável rebeldia. Era-me absolutamente necessário dar esse passo, porque minha mulher recusa-se obstinadamente a reconciliar-se comigo, enquanto eu conservar Isaura cativa em meu poder, capricho de mulher, com que bem pouco me importaria, se não fosse... Isso aqui entre nós, meu amigo; confio em tua discrição.

— Podes falar sem susto, que meu coração é como um túmulo para o segredo da amizade.

— Bem; dizia-te eu que bem pouco me importaria com os arrufos e caprichos de minha mulher, se não fosse o completo desarranjo em que desgraçadamente vão os meus negócios. Em consequência de uma infinidade de circunstâncias, que é escusado agora explicar-te, a minha fortuna está ameaçada de levar um baque horrendo, do qual não sei se me será possível levantá-la sem auxílio estranho. Ora, meu sogro é o único que, com o auxílio de seu dinheiro ou de seu crédito, pode ainda escorar o edifício de minha fortuna prestes a desabar.

— Em verdade procedes com tino e prudência consumada. Oh! Teu sogro!... Conheço-o muito; é uma fortuna sólida, e uma das casas mais fortes do Rio de Janeiro; teu sogro não te deixará ficar mal. Quer extremosamente à filha, e não quererá ver arruinado o marido dela.

— Disso estou eu certo. Mas isso ainda não é tudo; escuta ainda, Jorge. O meu rival, esse tal senhor Álvaro, que tanto cobiçou a minha Isaura para sua amizade, que não teve pejo de seduzi-la, acoutá-la e protegê-la pública e escandalosamente no Recife, esse grotesco campeão da liberdade das escravas alheias, que protestou me disputar Isaura a todo o risco, ficará de uma vez para sempre desenganado de sua estulta pretensão. Vê pois, Jorge, quantos interesses e vantagens se conciliam no simples fato desse casamento.

— Plano admirável na verdade, Leôncio! — exclamou Jorge enfaticamente. — Tens um tino superior e uma inteligência sutil e fértil em recursos!... Se te desses à política, asseguro-te que farias um papel eminente; serias um estadista consumado. Esse dom Quixote[1] de nova espécie, amparo da liberdade das escravas alheias, quando são bonitas, não achará senão moinhos de vento a combater. Muito havemos de nos rir de seu desapontamento, se lhe der na cabeça continuar sua burlesca aventura.

— Creio que nessa não cairá ele; mas, se por cá aparecesse, muito tínhamos que debicá-lo.

— Meu senhor — disse André entrando na sala —, aí estão na porta uns cavalheiros, que pedem licença para apear e entrar.

— Ah! Já sei — disse Leôncio —, são eles, são as pessoas que mandei chamar; o vigário, o tabelião e mais outros... Bom! Já não nos falta tudo. Vieram mais depressa do que eu esperava. Manda-os apear e entrar, André.

---

1 Herói do romance *Dom Quixote de la Mancha*, do espanhol Miguel de Cervantes (1547-1616). A personagem é o símbolo dos lutadores idealistas e ingênuos, que vivem fora da realidade.

André sai, Leôncio toca uma campainha e aparece Rosa.

— Rosa — diz-lhe ele —, vai já chamar sinhá Malvina e Isaura, e o senhor Miguel e Belchior. Já devem estar prontos; precisa-se aqui já da presença de todos eles.

— Estou aflito por ver o fim a essa farsa — disse Leôncio a seu amigo —, mas quero que ela se represente com certo aparato e solenidade, para inculcar que tenho grande prazer em satisfazer o capricho de Malvina e melhor iludir a sua credulidade; mas, fique isso aqui entre nós, esse casamento não passa de uma burla. Tenho toda a certeza de que Isaura despreza do fundo da alma esse miserável idiota, que só em nome será seu marido. Entretanto ficarei me aguardando para melhores tempos, e espero que o meu plano surtirá o desejado efeito.

— Cá por mim não tenho a menor dúvida a respeito do resultado de um plano tão maravilhosamente combinado.

Mal Jorge acabava de pronunciar essas palavras, apareceu à porta do salão um belo e jovem cavalheiro, em elegantes trajos de viagem, acompanhado de mais três ou quatro pessoas. Leôncio, que já ia pressuroso recebê-los e cumprimentá-los, estacou de repente.

"Oh!... Não são quem eu esperava!...", murmurou consigo. "Se me não engano... é Álvaro!..."

— Senhor Leôncio! — disse o cavalheiro cumprimentando-o.

— Senhor Álvaro — respondeu Leôncio —, pois creio que é a esse senhor que tenho a honra de receber em minha casa.

— É ele mesmo, senhor; um seu criado.

— Ah! Muito estimo... Não o esperava... Queira sentar-se... Quis então vir dar um passeio cá pelas nossas províncias do Sul?...

Essas e outras frases banais dizia Leôncio, procurando refazer-se da perturbação em que o lançara a súbita e inesperada aparição de Álvaro naquele momento crítico e solene.

No mesmo momento entravam no salão por uma porta interior Malvina, Isaura, Miguel e Belchior. Vinham já preparados com os competentes trajos para a cerimônia do casamento.

— Meu Deus!... O que estou vendo!... — murmurou Isaura, sacudindo vivamente o braço de Miguel. — Estarei enganada?... Não... É ele.

— É ele mesmo... Deus!... Como é possível?

— Oh! — exclamou Isaura; e nessa simples interjeição, que exalou como um suspiro, expressava o desafogo de um pego de angústias que lhe pesava sobre o coração. Quem de perto a olhasse com atenção veria um leve rubor naquele rosto que a dor e os sofrimentos pareciam ter condenado a uma eterna e marmórea palidez; era a aurora da esperança, cujo primeiro e tímido arrebol assomava nas faces daquela, cuja existência naquele momento ia sepultar-se nas sombras de um lúgubre ocaso.

— Não esperava pela honra de recebê-lo hoje nesta sua casa — continuou Leôncio, recobrando gradualmente o seu sangue-frio e seu ar arrogante. — Entretanto há de permitir que me felicite a mim e ao senhor por tão oportuna visita. A chegada de vossa senhoria hoje nesta casa parece um acontecimento auspicioso, e até providencial.

— Sim?!... Muito folgo com isso... Mas não terá vossa senhoria a bondade de dizer por quê?...

— Com muito gosto. Saiba que aquela sua protegida, aquela escrava, por quem fez tantos extremos em Pernambuco, vai ser hoje mesmo libertada e casada com um homem de bem. Chegou vossa senhoria mesmo a ponto de presenciar com os seus próprios olhos a realização dos filantrópicos desejos, que tinha a respeito da dita escrava, e eu da minha parte muito folgarei se vossa senhoria quiser assistir a esse ato, que ainda mais solene se tornará com a sua presença.

— E quem a liberta? — perguntou Álvaro sorrindo-se sardonicamente.

— Quem mais senão eu, que sou seu legítimo senhor? — respondeu Leôncio com altiva seguridade.

— Pois declaro-lhe que o não pode fazer, senhor — disse Álvaro com firmeza. — Essa escrava não lhe pertence mais.

— Não me pertence!... — bradou Leôncio levantando-se de um salto. — O senhor delira ou está escarnecendo?...

— Nem uma nem outra coisa — respondeu Álvaro com toda a calma. — Repito-lhe: essa escrava não lhe pertence mais.

— E quem se atreve a esbulhar-me do direito que tenho sobre ela?

— Os seus credores, senhor — replicou Álvaro, sempre com a mesma firmeza e sangue-frio. — Esta fazenda com todos os escravos, esta casa com seus ricos móveis e sua baixela, nada disso lhe pertence mais; de hoje em diante o senhor não pode dispor aqui nem do mais insignificante objeto. Veja — continuou mostrando-lhe um maço de papéis —, aqui tenho em minhas mãos toda a sua fortuna. O seu passivo excede extraordinariamente a todos os seus haveres; sua ruína é completa e irremediável, e a execução de todos os seus bens vai lhe ser imediatamente intimada.

A um aceno de Álvaro, o escrivão que o acompanhava apresentou a Leôncio o mandado de sequestro e execução de seus bens. Leôncio, arrebatando o papel com mão trêmula, passeou rapidamente por ele os olhos faiscantes de cólera.

— Pois quê! — exclamou ele. — É assim violenta e atropeladamente que se fazem essas coisas! Porventura não posso obter alguma moratória, e salvar minha honra e meus bens por outro qualquer meio?...

— Seus credores já usaram para com o senhor de todas as condescendências e contemporizações possíveis. Saiba ainda de mais: que hoje sou eu o principal, se não o único, credor seu; pertencem-me, e estão em minhas mãos quase todos os seus títulos de dívida, e eu não estou de ânimo a admitir transações nem protelações de natureza alguma. Dar seus bens a inventário, eis o que lhe cumpre fazer; toda e qualquer evasiva que tentar será inútil.

— Maldição! — bradou Leôncio, batendo com o pé no chão e arrancando os cabelos.

— Meu Deus!... Meu Deus!... Que desgraça!... e que... vergonha!... — exclamou Malvina, soluçando.[1]

---

1 Novo corte de capítulo com intenção de criar suspense.

Capítulo 22

Deixemos por um momento suspensa a cena do capítulo antecedente e interrompido o diálogo entre os dois mancebos. Eles aí ficam em face um do outro, como o leão altivo e magnânimo tendo subjugado o tigre daninho e traiçoeiro, que rosna em vão debaixo das possantes garras de seu antagonista. É-nos preciso explicar por que série de circunstâncias Álvaro veio aparecer em casa do senhor de Isaura, a ponto de vir burlar os seus planos atrozes, mesmo no momento em que iam ter final execução.

Depois que Isaura lhe fora arrebatada, Álvaro caiu na mais acerba prostração de ânimo.[1]

Ferido em seu orgulho, esbulhado do objeto de seu amor, escarnecido e vilipendiado pela arrogância de um insolente escravocrata, entregou-se ao mais sombrio desespero. Mal soube o seu revés, o doutor Geraldo correu em socorro daquela nobre alma tão cruelmente golpeada pelo destino. Graças aos cuidados e conselhos daquele tão solícito quão inteligente amigo, a dor de Álvaro foi se tornando mais calma e resignada. Por suas exortações Álvaro chegou mesmo a convencer-se de que o melhor partido que lhe ficava a tomar, nas difíceis conjunturas em que se achava, era procurar esquecer-se de Isaura.

— Todo o esforço que fizeres — dizia-lhe o amigo — em favor da liberdade de Isaura será rematada loucura, que não terá outro resultado senão envolver-te em novas dificuldades, cobrindo-te de ridículo e de humilhação. Já passaste por duas decepções bem cruéis, a do baile e esta última ainda mais triste e humilhante. Quase te fizeste réu de polícia, querendo disputar uma escrava a seu legítimo senhor. Pois bem; as seguintes serão ainda piores, eu te asseguro, e te farão ir rolando de abismo em abismo até tua completa perdição.

Atendendo a essas e mil outras considerações de Geraldo, Álvaro procurou firmar o espírito e a vontade no propósito de renunciar ao seu amor e a todas as suas pretensões filantrópicas sobre Isaura. Foi debalde. Depois de um mês de luta consigo mesmo, de sempre frustradas veleidades de revolta contra os impulsos do coração, Álvaro sentiu-se fraco e compreendeu que semelhante tentativa era uma luta insensata contra a força onipotente do destino. Embalde procurou, já nas graves ocupações do espírito, já nas distrações frívolas da sociedade, um meio de apagar da lembrança a imagem da gentil cativa. Ela lhe estava sempre presente em todos os sonhos da alma, ora resplendente de beleza e graça, donosa e sedutora como na noite do baile, ora pálida e abatida, vergada ao peso de seu infortúnio, com os pulsos algemados, cravando nele os olhos suplicantes como que a dizer-lhe: "Vem, não me abandones; só tu podes quebrar estes ferros que me oprimem".

---

1 *Flash-back* para resgatar o que sucedeu a Álvaro nos dois meses que se passaram desde a captura de Isaura.

O espírito de Álvaro firmou-se por fim na íntima e inabalável convicção de que o céu, pondo em contato o seu destino com o daquela encantadora e infeliz escrava, tivera um desígnio providencial e o escolhera para instrumento da nobre e generosa missão de arrebatá-la à escravidão e dar-lhe na sociedade o elevado lugar que, por sua beleza, virtudes e talentos, lhe competia.

Resolveu-se, portanto, fosse qual fosse o resultado, a prosseguir nessa generosa tentativa, com a cegueira do fanatismo, senão com o arrastamento de uma inspiração providencial.

Álvaro partiu para o Rio de Janeiro. Ia ao acaso, sem plano nenhum formado, sem bem saber o que devia fazer para chegar aos seus fins; mas tinha como uma intuição vaga de que o céu lhe depararia ocasião e meios de levar a cabo a sua empresa. O que queria em primeiro lugar era colocar-se nas vizinhanças de Leôncio, a fim de poder colher informações e investigar se porventura algum recurso haveria para obrigar o senhor de Isaura a manumiti-la.

Desembarcou na corte com o fim de dirigir-se brevemente para Campos. Antes porém de partir para seu destino, procurou colher entre as pessoas do comércio algumas informações a respeito de Leôncio.

— Oh! Conheço muito esse sujeito — disse logo o primeiro negociante, a quem Álvaro se dirigiu. — Esse moço está falido e em completa ruína. Se vossa senhoria também é credor dele, pode pôr as suas barbas de molho, porque as dos vizinhos estão a arder. Essa casa bem líquida mal dará para um rateio, em que toque cinquenta por cento a cada credor.

Essa revelação foi para Álvaro como um relâmpago que se abre aos olhos do viandante extraviado em noite tormentosa, mostrando-lhe de repente e bem ao perto o albergue hospitaleiro que demanda.

— E vossa senhoria porventura é também credor desse fazendeiro? — perguntou Álvaro.

— Infelizmente, e um dos principais...

— E a quanto montará a fortuna do tal Leôncio?

— A menos de nada, presentemente, pois, como já lhe disse, o seu passivo excede talvez em mais do dobro a todos os seus bens.

— Mas esse passivo mesmo, em que soma é calculado pouco mais ou menos?

— Calcula-se aproximadamente em quatrocentos e tantos a quinhentos contos, enquanto a fazenda de Campos, com escravos e todos os mais acessórios, não excederá talvez a duzentos. Já temos tido com esse fazendeiro todas as atenções possíveis e lhe temos dado mais moratórias do que a lei concede; não somos obrigados a mais, e agora estamos resolvidos a cair-lhe em cima com a execução.

— E quais são os outros credores? Vossa senhoria quererá indicar-mos?

— E por que não? — respondeu o negociante, e passou a indicar a Álvaro os nomes e moradas dos demais credores.

De feito, a casa de Leôncio, já desde os últimos anos da vida de seu pai, ia em contínuo regresso e desmantelamento. O velho comendador, entregando-se no último quartel da vida a excessos e devassidões, que nem na mocidade são desculpáveis, vivendo quase sempre na corte e deixando quase em completo abandono a administração da fazenda, havia já esbanjado não pequena porção de sua fortuna. Por efeito da má administração, não só as safras começaram a escassear consideravelmente, como também o número de escravos foi se reduzindo pela morte e pelas frequentes fugas, sem que tanto o comendador como seu filho deixassem de substituí-los por outros novos, que iam comprando a prazo, tornando cada vez mais pesado o ônus das dívidas.

Depois da morte do comendador, as coisas foram de mal a pior. Leôncio, com a educação e a índole que lhe conhecemos, era o homem menos próprio possível para dirigir e explorar um grande estabelecimento agrícola.

Seus desvarios e extravagâncias, e por último sua nefasta e insensata paixão por Isaura, fizeram-no perder de todo a cabeça, arrojando-o em um plano inclinado de despesas ruinosas, sem cálculo nem previsão alguma. Com os enormes dispêndios que teve de fazer em consequência da fuga de Isaura, mandando procurá-la por todos os cantos do império, acabou de cavar o abismo de sua ruína. Em pouco tempo o jovem fazendeiro estava de todo insolvável, sem um real em caixa e com uma multidão de letras protestadas na carteira de seus credores. Quando esses acordaram e se lembraram de lhe abrir a falência e executar os seus bens, compreenderam que mal poderiam embolsar-se da metade do que lhes era devido e, portanto, trataram com sofreguidão de promover os meios executivos, antes que o mal fosse a mais.

Depois de conferenciar com os credores de Leôncio, propôs-lhes a compra de todos os seus créditos pela metade do seu valor. Para evitar qualquer odiosidade, que semelhante procedimento pudesse acarretar sobre sua pessoa, declarou-lhes que nenhuma intenção tinha de vexar nem oprimir o infeliz fazendeiro; que, pelo contrário, era seu intuito protegê-lo e livrá-lo do vexame de uma rigorosa execução judicial e deixá-lo ao abrigo da miséria. E realmente, a despeito da aversão e desprezo que Leôncio lhe merecia, Álvaro não pretendia levar ao último extremo os meios de vingança, que por um acaso as circunstâncias tinham posto em suas mãos. Era ele dez vezes mais rico do que o seu adversário, e, de muito bom grado, se não houvesse outro recurso, por um contrato amigável daria uma soma igual a toda a fortuna deste pela liberdade de Isaura.

Agora que o destino vinha pôr em suas mãos toda a fortuna desse adversário caprichoso, arrogante e desalmado, Álvaro, sempre generoso, nem por isso desejava vê-lo reduzido à miséria.

Os credores não hesitaram um momento em aceitar a proposta. Com razão preferiram saldar suas contas por um modo fácil e expedito, em dinheiro contado, recebendo a metade, do que se sujeitando às despesas, delongas e dificuldades de uma execução em escravos e bens de raiz, quando nenhuma probabilidade havia de que no rateio pudessem obter mais de metade.

Senhor de todos os títulos de dívida de Leôncio, isto é, de toda a sua fortuna, Álvaro partiu para Campos a fim de promover por sua conta a execução dos bens do mesmo, e, munido de todos os papéis e documentos, acompanhado de um escrivão e dois oficiais de justiça, apresentou-se em pessoa em casa de Leôncio para intimar-lhe em pessoa a sentença de sua perdição.

— Oh! Maldição! — exclamara Leôncio, arrancando os cabelos em desespero, depois que ouvira dos lábios de Álvaro aquele arresto esmagador. Atordoado e quase louco com a violência do golpe, ia sair correndo pela porta afora.

— Espere ainda senhor — disse Álvaro detendo-o pelo braço. — Agora, quanto à escrava de que há pouco se falava, o que pretendia fazer dela?

— Libertá-la, já lhe disse — respondeu Leôncio com rudeza.

— E mais alguma coisa; creio que também me disse que ia casá-la; e, desculpe-me a pergunta, haveria para isso consentimento da parte dela?

— Oh! Não! Não!... Eu era arrastada, senhor! — exclamou Isaura resolutamente.

— É verdade, senhor Álvaro — atalhou Miguel —, ela ia casar-se, por assim dizer, forçada. O senhor Leôncio, como condição da liberdade dela, obrigava-a a casar-se com aquele pobre homem que vossa senhoria ali vê.

— Com aquele homem?! — exclamou Álvaro cheio de pasmo e indignação, olhando para o homúnculo que Miguel lhe indicava com o dedo.

— Sim, senhor — continuou Miguel. — E, se ela não se sujeitasse a esse casamento, teria de passar o resto da vida presa em um quarto escuro, incomunicável, com o pé enfiado em uma grossa corrente, como tem vivido desde que veio do Recife até o dia de hoje...

— Verdugo! — bradou Álvaro, não podendo mais sopear sua indignação. — A mão da justiça divina pesa enfim sobre ti para punir tuas monstruosas atrocidades![1]

— Ó que vergonha!... Que opróbrio, meu Deus! — exclamou Malvina, debruçando-se a uma mesa e escondendo o rosto entre as mãos.

— Pobre Isaura! — disse Álvaro com voz comovida, estendendo os braços à cativa. — Chega-te a mim... Eu protestei no fundo de minha alma e por minha honra desafrontar-te do jugo opressor e aviltante que te esmagava, porque via em ti a pureza de um anjo e a nobre e altiva resignação da mártir. Foi uma missão santa, que julgo ter recebido do céu e que hoje vejo coroada do mais feliz e completo resultado. Deus, enfim, por minhas mãos, vinga a inocência e a virtude oprimida, e esmaga o algoz.[2]

— Deixe-se de blasonar, senhor! — gritou Leôncio agitando-se em gesticulações de furor. — Isto não passa de uma infâmia, uma traição e ladroeira...

— Isaura! — continuou Álvaro com voz sempre firme e grave. — Se esse algoz ainda há pouco tinha em suas mãos a tua liberdade e a tua vida, e não tas cedia senão com a condição de desposares um ente disforme e desprezível, agora tens nas tuas a sua propriedade; sim, que a tenho nas minhas e a passo para as tuas. Isaura, tu és hoje a senhora, e ele o escravo; se não quiser mendigar o pão, há de recorrer à nossa generosidade.

---

1 Observe que Álvaro, agora em situação de superioridade em relação a Leôncio, trata-o por "tu".
2 Atente para o final tipicamente romântico.

— Senhor! — exclamou Isaura correndo a lançar-se aos pés de Álvaro. — Oh! Quanto sois bom e generoso para com esta infeliz escrava!... Mas em nome dessa mesma generosidade, de joelhos eu vos peço, perdão! Perdão para eles...[1]

— Levanta-te, mulher generosa e sublime! — disse Álvaro estendendo-lhe as mãos para levantar-se. — Levanta-te, Isaura; não é a meus pés, mas sim em meus braços, aqui bem perto do meu coração, que te deves lançar, pois, a despeito de todos os preconceitos do mundo, eu me julgo o mais feliz dos mortais em poder oferecer-te a mão de esposo!...

— Senhor — bradou Leôncio com os lábios espumantes e os olhos desvairados —, aí tendes tudo quanto possuo; pode saciar sua vingança, mas, eu lhe juro, nunca há de ter o prazer de ver-me implorar a sua generosidade.

E dizendo isso entrou arrebatadamente em uma alcova contígua à sala.

— Leôncio! Leôncio!... Aonde vais! — exclamou Malvina precipitando-se para ele; mal, porém, havia ela chegado à porta, ouviu-se a explosão atroadora de um tiro.

— Ai!... — gritou Malvina e caiu redondamente em terra.

Leôncio tinha-se rebentado o crânio com um tiro de pistola.

---

1 Aqui, mesmo depois de tanto sofrimento e humilhação, Isaura revela sua característica mais sublime: a bondade; ela é a típica figura idealizada pelo Romantismo.